ブライトン・ロック!

樵野 道流

CHARADE
BUNKO

二見シャレード文庫

目次
CONTENTS

イラスト――宮本イヌマル

ブライトン・ロック！

1.

「父さんには何もわかってない！　僕は、このまま医者になるのが嫌なんだ！」

「何が嫌なんだ。ここまで無事に進級してきて、あと一年のところで退学だと？　いったい何を考えてる」

「ごめん。父さんには感謝してるし、申し訳ないとも思ってる。でも……父さんに勧められて医大に入って、必死でここまで来たけど……。駄目なんだ」

「何がだ！　駄目だの嫌だの、お前の言うことはさっぱりわからん」

「僕は……僕には、医者になる資格なんかないんだ。……だから。ごめん、父さん」

「航洋《こうよう》ッ！　待て、まだ話は終わってないぞ！」


とんとん、と肩を叩《たた》かれて、僕はハッと目を覚ました。目に映ったのは、心配そうなキャビンアテンダントの顔だった。

「……あ……」

「お客さま？　大丈夫ですか？」

どうやら、夢を見てひどくうなされていたらしい。まだドキドキする胸元を押さえ、僕はやっとのことで頷《うなず》いた。

「お水でも、お持ちしましょうか？」

「……いえ、あの……けっこうです」

絞り出すような声でそれだけ言うと、彼女はニッコリと微笑《ほほえ》み、立ち去った。

隣の乗客が、胡散《うさん》くさそうな視線を僕に投げかけてくる。僕はいたたまれなくて、思わず俯《うつむ》いた。額が、ジットリと汗に濡《ぬ》れているのがわかって、気持ちが悪い。時計を見ると、離陸してからもう九時間経《た》っていた。

僕は今、イギリスに向かう飛行機の中にいる。

父と喧嘩《けんか》して、通っていた医科大学に退学届けを叩きつけ、家出同然に留学を決めた。頼る人もいなければ、言葉もままならない外国で、もう一度「素」の自分に戻って、いろいろ考え直してみたいと思ったのだ。

海外旅行は初めてで、十二時間もの長いあいだ、トイレに行く以外ずっと、一つの椅子《いす》に座り続けているのも初体験だ。狭い座席で不自然な体勢のまま眠り込んだせいで、あんな夢を見たのだろう。

家を出たのは今朝《けさ》早くで、父は姿を見せなかった。当然だ。大学を辞《や》めると宣言した時点で、僕と父の関係は決定的に断絶してしまった。それ以来、同じ家に住んでいながら、一度も顔を合わせていなかったのだから。それでも母は、こっそり玄関先まで見送ってくれた。

「身体《からだ》に気をつけて、どうしても駄目だと思ったら、いつでも帰ってらっしゃい」

そう言って母は涙ぐみ、逃げるように家に入ってしまった。

両親には、感謝している。生んでくれたことにも、これまで育ててくれたことにも。僕はひとりっ子だから、両親は本当にありったけの愛情を注いでくれた。それがわかっているからこそ、これまで一度も反抗したことはなかった。

でも今度だけは。このことだけは、僕は自分の意志を貫かなくてはならない。でないと、この先ずっと、後悔しながら生きていくことになる。そんな気がするのだ。

だが、そう心を決めていても、やっぱりどこか感傷的になっているのだろう。急に目頭がジンとしてきて、僕は無理やり、母の泣き顔を頭から追い出した。

ロンドンに着くまで、まだ三時間ほどある。着いたら、そこからはたったひとりで頑張らなくてはいけないのだ。今のうちに、ゆっくり休んでおこう。そう思った僕は、もう一度目を閉じた……。


ヒースロー国際空港に到着したとき、時刻は午後三時過ぎだった。窓の外は、「霧のロンドン」というわけではないだろうが、どんよりと曇っている。

僕たち乗客は、伸びをする余裕もなく飛行機から出され、今度は空港の建物に向かうシャトルバスに乗せられた。外の空気は、四月の初めだというのに、冬のように冷たい。

ターミナルに着いたと思ったら、気が遠くなるほど長い通路を歩かされる。十分歩いても、まだどこにも辿《たど》り着かない。これは何かの間違いなのではないかと思い始めた頃、ようやく広いスペースに出た。

そこではたくさんの人たちが、長い列を作っている。荷物を受け取る前に、まずは入国審査を受けなくてはならないのだ。

そういえば、航空券を買いに行った旅行代理店で、イギリスの入国審査の厳しさについては注意を受けていた。ただの観光で、僕が予定している一年間の滞在などとても許可されないと言われ、慌てて英語学校に入学申請した。

べつにことさら英語を学びたいと思ったわけではないが、この先何をするにも、英語ができたほうがいいだろう、そう思ったのだ。

英語学校に入学許可証を書いてもらったのだが、はたしてそれが役に立つかどうか。それより何より、相手の喋《しゃべ》る英語がわかるかどうか。僕は急に緊張してきて、ジットリ濡れた手のひらを、ジーンズで拭《ふ》いた。

幸い、入国審査は、思ったよりずっと簡単なものだった。質問内容は、何しに来たとか、住むところはどこかとか、帰りのチケットは持っているかとか、そんな簡単なものばかりだ。入学許可証も功を奏したのか、早々に入国を許可され、僕はホッと胸を撫《な》で下ろし、スーツケースを回収に向かった。

出迎えロビーに出た僕は、スーツケースを引きずりながら、キョロキョロと周囲を見回した。英語学校が手配した迎えの人が来ているはずなのだが、ネームボードを持った人が、あまりにも多すぎる。おそらく、五十人は下らないだろう。みんな、誰《だれ》かを捜しているのだ。

あっちこち見ながらうろついていると、不意にこんな声が耳に飛び込んできた。

「ミスタ・トゥーダ！　ミスタ・コーヨ・トゥーダ！」

どうも発音が怪しいが、僕の名前「津田《つだ》航洋」をローマ字表記して英語っぽく読むと、そういうことになるのかもしれない。僕は、躊躇《ためら》いつつも、声高にそう叫んでいた黒人の大男に近づいた。

「……エクス……キューズ・ミー？」

イギリスの一般の人と話す初めての機会に、僕は心臓をバクバクさせながら声をかけてみた。大男は、はるか上のほうから、僕をジロリと見下ろす。

僕だって一応百七十センチはあるのだが、男は二メートル近い。肩幅に至っては、僕の倍ほどもある。人違いで怒られたら、とても太刀《たち》打ちできない、そう思うと怖さ倍増だ。

だがどうやら、正解だったらしい。彼は学校の名前のついた書類を僕に見せ、僕が頷くと、手振りでついてこいと言って、僕のスーツケースを押し、歩き出した。

てっきり例の大きなロンドンタクシーかと思っていたら、彼が「乗れ」と鍵《かぎ》を開けてくれたのは、普通の黄色い乗用車だった。僕の落胆を見てとったのか、彼は肌とほとんど見分けがつかない眉《まゆ》をひそめ、

「What's wrong?」

とぶっきらぼうに訊《き》いてきた。僕は慌てて引きつった笑顔を作り、

「タクシー?」

と車を指さした。男は無表情に頷き、運転席の扉を開けた。僕も急いで後部座席に乗り込む。エンジンをかけながら、男はやはり感情を顔に出さず、こう言った。

「ロンドン・タクシーはロンドンにしか走ってねえよ。お前、ブライトン行くんだろうが。これがブライトン・タクシーだ」

本当はもっと丁寧な言葉遣いだったのかもしれない。でも、僕の耳にはそういうふうに聞こえたのだ。怖くて返事ができずにいると、男はチッと舌打ちし、車を発進させた。

そう、僕がこれから一年間暮らすのは、ロンドンではない。ロンドンからほぼ真南に下った海辺の町、ブライトンだ。ロンドンは家賃が高くてとても住めないし、代理店の人が「地方のほうが、日本人が少なくて英語の勉強になりますよ」と言ったので、そこに決めたのだ。電車で一時間ほどでロンドンに行けるというのも、魅力的に思えた。

電車で一時間というくらいだから、自動車でも二時間以内に行けると、僕はたかを括《くく》っていた。だが、途中でひどい渋滞に巻き込まれ、ブライトンに到着したときは、あたりはすっかり暗くなってしまっていた。

運転手は、家や店の並ぶ賑《にぎ》やかなあたりを通り抜け、海沿いの広い道をしばらく走り、ついにヨットハーバーのあるマリーナへと車を乗り入れた。

マリーナには、月貸しのフラット、つまり日本で言うところの下宿のようなものがあり、

僕は学校の斡旋《あっせん》で、その一室を借りることになっているのだ。

「ほら、ここがお前のフラットだ」

そう言って、頼りない街灯に照らされた建物の前でタクシーを停めた運転手は、トランクからスーツケースを出し、呼び鈴を押した。中から出てきた老婦人に、僕を指さしながら、何やら早口で告げる。そして、礼を言う暇もなく車に乗り込むと、あっという間に彼は去っていってしまった。

残された僕がどうしていいかわからず立ち尽くしていると、痩《や》せた小柄な老婦人は、ツカツカとやってきて、僕の腕を掴《つか》んだ。小さいけれど、骨張った力強い手だった。

「あんたがコーヨ・トゥーダ？」

甲高い声で、彼女は問いかけてきた。僕が頷くと、彼女は僕の手首を掴み、建物の中に引っ張り込んだ。

「○×△□◆×●◎▼」

彼女は何か言ったが、九官鳥のさえずりのようにしか聞こえない。僕が目を白黒させていると、彼女はうんとゆっくり、こう言ってくれた。

「あなたの・お部屋は・二十・四・号室よ」

僕がようやく納得すると、彼女は僕を入り口すぐ脇《わき》にあるエレベーターへと手招きした。

閉扉ボタンがないので、間抜けなほど待ってから、ようやくエレベーターの扉が閉まり、ゆっくりと上昇し始める。

エレベーターは三階で停まった。老婦人は、扉が開くと右側へ歩き出す。僕もスーツケースの車輪を絨毯《じゆうたん》に取られて四苦八苦しながら、あとに続いた。廊下の壁は白く塗られ、白い扉がエレベーターの左側には八つ、右側には三つあった。その右側の向かって右の扉を、老婦人は指さした。

なるほど、扉には、金のプレートで「24」とある。僕は、老婦人に差し出された鍵で、扉を解錠した。日本では、学校の倉庫でしか見ないような、真鍮《しんちゆう》の大きな鍵だった。

玄関の扉を開けると、真っすぐ伸びる短い廊下が見えた。そして、右側に二つ、突き当たりに一つ、左側に一つ、玄関と同じような白い木の扉があった。

「ああそうそう、言い忘れたわ。私は、ジーン・シュヴァルスキー。ジーンと呼んでね」

そこに来て、僕はどうやら彼女がここの家主《やぬし》であることを悟った。改めて自己紹介すると、彼女……ジーンは、ようやく意思の疎通ができたと悟ったのか、満足げに頷いた。

ジーンは、一つずつ扉を開けて、彼女なりにゆっくりと説明してくれた。

玄関に近い右側の扉は物置で、掃除機が入っている。右側二枚目の扉はバスルームで、臙《えん》脂《じ》色の絨毯が敷きつめられており、トイレと洗面台とバスタブがあった。

突き当たりの部屋は寝室で、白い木製の箪笥《たんす》と、大きなダブルベッドがあった。ベッドでほとんどいっぱいいっぱいの部屋だが、それでも一応、小さなサイドテーブルが、ベッドの枕元《まくらもと》両側に置かれている。

「家具付き食器付きだから、あなたは何も買わなくて大丈夫よ」

彼女は自慢げにそう言った。確かに、ベッドには可愛《かわい》らしいキルトのカバーが掛かっているし、大きな二つの枕にも、淡いブルーのカバーが掛けられている。

「さて、こちらが……」

彼女は、最後に左側の扉を開けた。そこがいちばん広い部屋で、出窓があるほうがリビング、そして反対側がカウンターテーブル付きの台所になっている。

リビングにはソファーセットとローテーブル、それからテレビがあった。台所には、オーブンと電子レンジ、トースターに洗濯機兼乾燥機、それに調理道具一式が揃っている。まさしく、越してきたその日から快適に暮らせる部屋、というわけだ。

家電製品の使い方をひととおり説明して、ジーンは、枯れ枝のような両腕を広げた。

「このくらいかしら。お家賃は毎月末に、現金でお願いね。私は下の十号室に夫と住んでいるから」

そう言って出ていこうとした彼女を、僕は引き留めた。

「まだ、何かわからないことが？」

「あのう……僕、今日、夕食」

緊張のあまり文章にもならない英語だったが、幸いジーンは言いたいことを悟ってくれたらしい。すっと窓のほうを指さした。

「ここから三分も行かないところに、大きなスーパーマーケットがあるわ。アズダっていうの。そこでなんでも揃うわよ」

「あ……わかり、ました」

僕は、よほど心細い顔をしていたのだろうか。ジーンは僕の腕をポンと叩き、大丈夫よ、と言った。

「今は寂しいかもしれないけど、そのうち友達もできるわ。あなたはキュートだから」

ジーンが出ていったあと、僕はとりあえず教えられたスーパーマーケットに出かけてみることにした。

「……キュートかあ……参ったな」

暗い夜道を歩きながら、僕は思わず呟《つぶや》いた。日本ではどちらかというと女の子に使われる言葉であるそれが、この国ではどういう意味で使われているのかはわからない。だが、実際に小さい頃からよく、「女の子みたいに可愛い」と言われ続けてきたので、彼女の言わんとすることは、心ならずも理解できる。

「……ま、貶《けな》されたわけじゃないし」

そんな諦《あきら》め混じりの呟きとともに、僕は、その評価をありがたく受け取ることにした。

さっきタクシーで通り過ぎたひときわ明るい光を放つ建物が、ジーンの言っていたスーパーマーケットだった。確かに、入り口の上に「ＡＳＤＡ」という店名の電飾が眩《まぶ》しく光っている。

入り口に掲げられた閉店時刻の午後八時まで、あまり時間がない。僕は大急ぎで、当座の食べ物を買い込むことにした。

自炊は初めてなので、何を買えばいいのかよくわからなくて、とりあえず生水はいけないかも……とミネラルウォーターと、ふと目についたオレンジジュースを、買い物かごに放り込んだ。

「あとは……食べ物、だよな」

料理はからっきし駄目だ。フライパンで焼くか、鍋《なべ》で茹《ゆ》でるくらいのことしかできない。とりあえず卵とパンとハムと、あとは電子レンジがあるから、冷凍食品でも……と思いながら、広い店内をウロウロと彷徨《さまよ》っていたら、左のほうから男の声が聞こえた。

「グッド・イブニング、サー」

そんな呼びかけだったから、まさか自分だとは思わず、そのまま行き過ぎようとすると、その声はさらにボリュームを増した。

「おーい、そこの東洋人のお兄さん」

僕はハッとして振り返った。惣菜《そうざい》売り場のガラスケースに片手をかけて、ひとりの店員がニコニコ笑ってこちらを見ている。

まだ若そうな白人男性で、やけに背が高い。百九十センチ近くあるだろう。痩せた身体を、ここの制服らしき、丈の長いブルーの上っ張りに包んでいる。髪は銀に近い金髪で、そう長くはないが、頭頂部で麦わらのように一房だけ跳ねているのが可笑《おか》しい。

「こっちこっち」

足を止めた僕を、彼はくいくいと手招きした。僕は仕方なく、彼のいるガラスケースのほうに近寄った。

近くで見ると、やはり彼は若そうだった。僕よりはおそらく年上だろうが、まだ三十そこそこという感じだ。面長で、彫りの深い顔立ちをしていた。鼻筋は高く通り、唇は少し大きくて薄い。やや細い柔和な目は、灰色がかった綺麗《きれい》なブルーだった。ハンサムではあるが、気取った感じは少しもなく、のんびりした草原のキリンのような雰囲気の人だ。

ドギマギしている僕に、彼は気さくに話しかけてきた。が、例によって何を言っているのかよくわからない。

これでも、中学・高校とアメリカ人教師に英語を習ったはずなのだが、やはりアメリカ英語とイギリス英語は、まったく違うということなのかもしれない。

(これじゃ……これから前途多難だよ)

すっかり気落ちした僕の様子に、店員は怪訝《けげん》そうな顔をして、どうしたのか、と訊いてきた。

僕はもう英語で喋る気力がなくて、ガックリ肩を落としたまま首を横に振る。彼は気の毒そうな顔をしたが、やがてプラスチックスプーンで惣菜のサラダを一匙《さじ》すくい、僕にヒョイと差し出した。

「?」

驚いて彼の顔を見ると、彼は手振りで食べてみろと言った。

僕は、スプーンに山盛りのサラダらしきものを、おそるおそる口に入れた。

それは、食べたことのない味で、しかし、エビとアボカドがたくさん入っていて旨《うま》かった。飛行機を降りてから何も口にしていなかったせいもあるかもしれない。

「旨い？　そうだろ、そうだろ。俺もけっこういけると思うんだ、これ」

僕の表情から、肯定的な反応を見てとったのだろう。彼は、人懐っこい笑顔でうんうんと頷き、そして、こう続けた。

「でさ、もうすぐ、閉店時刻なわけよ」

低くてよく響く彼の声に慣れてきたのか、それとも少しリラックスしたせいか、彼の英語が聞きとりやすくなっている。

僕が頷くと、彼はガラスケースの上に置いた両手の上に、尖《とが》った顎《あご》を乗せた。

「こんなに売れ残ると、具合悪いんだ。ちょっとでいいから、買ってってくれないかな」

どうも、そう言っているようだ。僕は躊躇いながらも頷いた。すると、彼は心底嬉《うれ》しそうにありがとう、と言って、すぐさまアルミ容器を取り出した。

「ひとり？　それとも、家族とかいる？」

僕は言葉が出てこなくて、仕方なく指を一本立ててみせる。

「ひとりね。じゃあ、こんなもんだな。食いきれないほど売っちゃいけない」

彼は機嫌よくそう言って、サラダを盛った容器を僕に差し出した。

「あ……あり、がと」

ようやくそれだけ言った僕に、彼は目尻《めじり》に笑いじわを寄せて、ウインクした。

「少し、おまけしといた。今夜は豪勢に食ってくれよ、な」

気の利いた返事をしたかったが、そんなことは望むべくもない。僕はただ頷き、笑ってみせた……つもりだったが、緊張と疲労のせいで、顔を歪《ゆが》めたようにしか見えなかったかもしれない。

それでも彼は、笑って手を振り、見送ってくれた。彼の笑顔で、心細さや寂しさが、少しだけ慰められた気がした。

そして、それが、僕の人生を大きく変えた男……ジェレミーとの出会いだった……。

＊　＊

翌朝、目が覚めたときはまだ夜明け前だった。時計を見たら、午前五時十分。どうやら、これが時差ぼけというやつらしい。

どうしようもなくしゃっきり覚醒《かくせい》してしまったので、僕は仕方なく、だだっ広いベッドから降り、バスルームに行った。

できるだけゆっくり身支度を済ませても、まだ六時にもならない。僕はのんびりと昨日買ったハムとパンで朝食を摂り、オレンジジュースをごくごく飲んだ。ジュースは、フレッシュなものらしく、驚くほど旨かった。

コーヒーか紅茶を買わないとな、と思いつつテレビを見ているうちにようやくいい頃合いになり、僕はフラットを出た。

そう、今日は月曜日。語学学校の初日なのだ。僕は学校から送られてきていた大きな地図を片手に、とりあえずアズダの前を通り、マリーナから大通りに出た。

左側は、延々続くビーチだ。砂浜ではなく、大小さまざまの丸い石だらけである。はるか前方に、白くて綺麗な桟橋《ピア》が見えた。

海沿いの真っすぐな道を二十分ほど歩いて、道路を横断する。ポーランド通りを少し北上すると、ごく普通のフラットの玄関に、僕がこれから入学する語学学校、HOUSE OF ENGLISHのボードが掛かっていた。

「ここが、学校？　普通の家じゃないか」

躊躇いつつ、僕は扉を開けてみた。やっぱり、普通の家みたいに見える。が、タイミングよく左手の扉が開いて、ひとりの若い白人女性が出てきた。

戸惑《とまど》っている顔の僕を見て、彼女は訳知り顔で頷き、二階を指さした。どうやら、新入生は二階へ上がるものらしい。

狭い階段を、何人かの生徒だか先生だかとすれ違いながら二階へ上がると、そこは図書室らしき小さなスペースになっていて、人だかりがしていた。

僕も人の隙間《すきま》からひょいと覗《のぞ》くと、それは、クラス分けの一覧表だった。一クラス三人から五人の少数編成で、初級から上級まで、ランクが明記されている。

僕は迷わず、初心者クラスに自分の名前を捜した。だが……ない！　まさかと思って、中級者クラスを見る。ここにもない。

「……嘘《うそ》だろ……」

夢だと思って上級者クラスを見ると、はたしてそこには、でかでかと僕の名前が書かれている。

「ど、どうしてだよ」

僕は思わず、日本語で呟いた。しばらく考えて、ふと思い当たる。

そういえば、入学申し込みをするとき、試験問題が送られてきた。純粋にその採点だけで、クラス分けされたに違いない。僕ら日本人は、文法だけはみっちり教え込まれて育つから、ペーパーテストにはめっぽう強い。それが今回、見事に裏目に出てしまったわけだ。

「あーあー……」

だが、今さら悔やんでもどうしようもない。僕はしおしおと、指定された教室へと向かった。

僕の入れられた上級クラスのメンバーは、四人だった。ほかの三人はドイツ人らしく、賑やかにドイツ語で喋りまくっていた。

医学部では一年生でドイツ語の講義があるので、単語の切れ端程度は理解できる。どうやら彼らは、同じ会社から派遣されてきた研修中のサラリーマンらしく、職場の話題で盛り上がっているようだった。始業時刻まで、僕は隅っこで、無言で小さくなっているしかなかった。

九時のチャイムが鳴ると同時に、教室のドアが開いて、大柄な女性が入ってきた。

「ハーイ、みんな。揃ってるわね。ようこそ、この学校へ」

ハスキーな声でそう言って、彼女はドスンと勢いよく椅子に腰を下ろした。ハッキリ言って、彼女の巨大な尻を受け止めるには、もう一つ椅子が必要だ。可哀相《かわいそう》な一つだけの椅子は、遠慮なく悲鳴をあげた。

四十に手が届くかどうかという年代の彼女は、ショートカットの茶色の髪を片手で撫でつけ、快活な口調で言った。

「私の名前はティア、あなたたちをこれから一ヶ月間、教えることになるわ。あら、ドイツ人三人に日本人ひとりね。でも、教室では英語、いいわね?」

僕たちは、揃って頷く。ティアは、満足そうに頷いた。

「さあ、それじゃ最初にお互い自己紹介してもらおうかな」

彼女はそう言って、揉《も》み手しながら僕らの顔を見回した。

僕以外の三人は全員同じ職場にいるのだから、自己紹介もくそもないだろう。それでも彼らは、おそらくはティアと僕のために、各々英語で自己紹介をしてくれた。

それが……予想どおりというかなんというか、上手《うま》い。ドイツ風機関銃乱射みたいな英語ではあるが、思いきり流暢《りゅうちょう》に喋れている。やはり、これが上級者クラスの実力なのだ。僕は、絶対間違ってここに座ることになったに違いない。

三人の自己紹介が終わると、ティアは促すように僕を見た。僕は、彼らが自己紹介しているあいだじゅう、ずっと考えていた台詞《せりふ》を口にしようとした。……が、喉《のど》がカラカラに干涸《ひから》びて、声が出ない。

「……あ……あい……あ……、あ、あ」

そんな掠《かす》れた声で、「あ」ばかりを繰り返す僕を、ほかの四人は呆然《ぼうぜん》として見ている。異様な沈黙の中で、僕はますます狼狽《うろた》え、顔が燃えるように熱くなった。机の上に置いた両手がブルブル震えているのまで、視界に入る。

「あ……あの……そ、ソーリー」

ようやくそれだけ言って、僕は恥ずかしさと情けなさのあまり、机に突っ伏してしまった。

油断したら、涙が出そうだった。

「……大丈夫よ。初日は誰でも上手く喋れないの。……落ち着いて」

嫌味なくらいゆっくりと、一語一語区切りながら、ティアはそう言った。それでも僕は、顔を上げることができなかった。

結局、僕は校長室へ連れていかれた。校長は、初老の背の高い女性だった。

そこで僕は、自分は文法だけは上級者でも、会話は初心者なのだ、聞きとりは苦手だし、喋るほうもからきし駄目なのだ、と必死で説明した。話せない分には、その場で紙に書いた。

校長は、昼前までかかってようやく事情が飲み込めたらしく、こめかみを押さえて嘆息した。

「わかりました。午後からは、あなたをほかのクラスに入れましょう。確かに日本人にはそういう傾向があるけれど、これほどひどい人は、珍しいわね……」

そんな言葉だけはしっかり聞きとれてしまう自分の耳を呪《のろ》いつつ、僕はただ謝り続けるしかなかった……。


「あーあ……」

夕日に照らされながら、マリーナへの道をトボトボ歩きつつ、僕は深い溜《た》め息をついた。

午後から僕は、潔く初心者クラスに移された。「ハロー」と「グッバイ」から授業が始まるような、まさしく僕レベルのクラスだ。クラスメートも、ロシア人、スイス人、アラブ人と、前のクラスよりはバラエティに富んでいる。皆ほとんど英語が喋れないどうし、意思疎通に難はあるものの、和やかな雰囲気ではあった。

長い目で見れば、よかった、と言うべきなのだろう。無理をして上級クラスにしがみついていても、いずれついていけなくなる。初日に実力に相応したクラスに入れて、ラッキーだったのだ、おそらく。

そう思ってみても、落ち込んだ気分は少しも晴れなかった。自己紹介もできず半泣きになってしまった自分の姿を思い出すと、また顔が赤くなる。

本当は、放課後に町の中心部を探検してみようと思っていたのだが、そんな気力はどこにも残っていなかった。

「帰って……ちょっと寝よう。疲れた」

行きの倍ほど時間をかけてマリーナまで帰ってきた僕は、ふとアズダの前で足を止めた。食料を買い足さなくてはいけないし、日用雑貨も必要だ。せめて買い物だけはしていこうと、僕はスーパーマーケットの回転扉へと歩み寄った。

広大なスーパーの中は、夕方だけあって、かなり混み合っている。

僕は、買い物かごに食料品やティッシュペーパーやシャンプーなどを放り込みながら、無意識のうちに、足を惣菜売り場のほうへ向けていた。

べつに用事があるわけではないが、昨日の店員が、また同じところにいれば……と思った。彼なら、このめげた気持ちを、少しは上向かせてくれるような気がしたのだ。

だが、悪いことは重なるもので、惣菜売り場には、まったく違う人間が立っていた。

(あーあ……。でも、そりゃそうか)

こういう場所で働いているのは、たいていアルバイトだろう。毎日来ているかどうかも、どの時間帯に働いているのかもわからない。彼がそこにいなくても、なんの不思議もないのだ。

僕は仕方なく、すごすごと重いかごを両手でぶら下げ、レジへと向かった。

大きな店構えに合わせて、レジの数も多い。ズラリと一列に並んだレジの数は、ざっと十五ほどもあった。僕は、適当に近くのレジに並ぼうとした。

……と。視界の隅にチラリとよぎったものがある。レジの機械の上のほうで、ピョコンと揺れている一房の金髪。

彼だ。昨日、惣菜売り場で僕を呼び止めた彼の跳ね髪だ。それに気づくと同時に、僕は彼のレジに並んでいた。

「や、昨日の」

五分ほど待って僕の番が来ると、彼は僕の顔を見て、すぐにそう言って笑った。覚えていてくれたことが嬉しくて、僕も自然と笑みを浮かべてしまう。

「昨日のサラダ。旨かった？」

僕が頷くと、彼はニコッと笑みを深くした。灰色がかったブルーの目は、まるでガラス細工のように澄んでいて、目尻にできる笑いじわが、人懐っこさを増強している。

「そりゃよかった。昨日全部食えた？　今朝も？」

「……き、昨日」

自分で自分に腹が立つほどに、単語をぽんと吐き出すことしかできない。それでも彼は、僕の言いたいことをちゃんと理解してくれた。

「昨日で食えちまったか。もう少し入れときゃよかったかな」

なんだか、自分がちゃんと英語を話せていると錯覚してしまうほど、彼のリアクションは自然だった。学校で先生に教わっているときより、うんと「普通」な状態でいられるような気がする。

まるで友達と話しているときのように、僕はすっかりくつろいでいた。

（……変なの）

昨日会ったばかりで、しかも近所のスーパーの店員にすぎない彼に、どうしてこんな親近感を覚えてしまうのか。僕は自分の感情に、内心ひどく戸惑っていた。

そんな僕の気持ちなど知るよしもなく、彼はコードリーダーに品物を通しながら、明るい口調で喋り続けた。

「今日はビッグ・ショッピング・デイだな。ティッシュにトイレットペーパーにシャンプーにリンスか。ここへは、越してきたばかり？」

僕は、こくりと頷く。

「へえ。そうか。……ダイエットコーク。俺は普通のコークのほうが好きだけど、ダイエット中？」

僕は首を横に振る。これではまるで、小さな子供のようだ。

そんな僕を、彼は嘲笑《あざわら》ったりしなかった。質問を一つするたび、手は休めず、視線だけチラリと上げて、僕の表情と仕草から、言いたいことを嫌味なく読みとってくれた。

だから喋っていたのはほとんど彼だけだったにもかかわらず、僕はなんだか、彼と充実した会話を楽しんだような気分になって、とても楽しかった。

会計を済ませると、彼は素早く片目をつぶって、こう言った。

「じゃ、またな」

“See you.”という何気ない挨拶《あいさつ》が、とても嬉しかった。また、と挨拶を返して荷物をガサガサとビニール袋に詰めながら見ると、彼はもう次の客と朗らかに話している。

それを見て、なぜか胸がチクリと痛くなった。彼の笑顔がほかの人に向けられてしまったのが悲しいのだと気づく前に、僕は両手にずっしり重い袋を持ち、彼に背を向けた。嬉しいような、寂しいような、胸に複雑な感情を抱え、僕はひとりぼっちのフラットへと帰った……。


その日から、僕は少しずつ、ブライトンでの暮らしに慣れていった。

さすがにいつまでも初日のように緊張するわけではなく、学校にもクラスメートにも馴染《なじ》み、放課後には彼らと街へ繰り出すこともあった。

ただ、どうしても頭の中で日本語から英語に翻訳する癖があるせいで、とっさに言葉が出てこず、会話についていけない。まして、お互い英語は母国語ではないので、一生懸命喋っていても話が通じないことが多かった。

たまに先生が一緒でも、授業以外では何も教えてくれない。イギリス人は、オンとオフをハッキリ分ける国民らしく、学校を一歩出た途端に、彼らは先生であることをやめてしまう。それまで綺麗なクイーンズイングリッシュを喋っていたくせに、突然バリバリのコックニー（ロンドン訛《なま》り）を話し出すことも珍しくないのだ。

そして、いちばん問題だったのは、僕の知っている英語が、アメリカ英語だったことだ。イギリス人は、アメリカ英語を何よりも嫌う。

だから、どこの店に入っても、誰と話しても、チッと舌打ちされて、

「それはアメリカ英語だ。イギリスじゃあ、こう言うんだ」

と、単語や言い回し、それから発音をビシビシ直された。そういうとき、イギリス人は、いつも嫌そうに顔を顰《しか》める。そのせいで、自分が口を開くたびに周囲の人を不快にしている気がして、僕はますます萎縮《いしゅく》してしまった。これではいけないと思いつつも、つい学校以外では、イギリス人との会話を避けるようになってしまっていたのだ。

ただ唯一の例外が、アズダの例の店員だった。彼はどうやらレジ係だけやっているわけではないらしく、居場所はレジだったり売り場だったりいろいろだった。そして、どこで会っても、彼は「やあ」と笑って声をかけてきてくれた。

僕たちは挨拶をし、天気の話をし、店の品物について語り、そしてまた挨拶をして別れた。店員と客としての、お決まりの会話。それでも僕は、楽しかった。

学校以外では彼だけが、いつも笑顔を向けてくれた。僕の拙《つたな》い英語を少しも嫌がらず聞いてくれて、時には「英語、上手くなったね」と褒めてくれた。

イギリス英語にようやく慣れてきてわかったことだが、彼にはけっこうきつい訛りがある。「こんな感じ」と喋り方を真似《まね》て訊《たず》ねると、学校の先生は、それはおそらくスコットランド訛りだと教えてくれた。

そのせいで、ときに彼の言葉を聞きとるのは難しかったが、ゆっくり喋ってくれるおかげで、なんとか意味は摑める。

互いに顔見知りになったからといって、何がどうなるわけではない。けれど、英語の勉強以外これといってすることのない単調な日々の中で、誰かが自分に親しく声をかけ、笑いかけてくれる。それだけで、僕は嬉しかった。イギリス人の友達はおらず、英語もろくに話せなかった当時の僕は、とても孤独だったのだ。

彼にしてみれば、ほかの客にするのとまったく同じに……外国人の僕にもわけへだてなく親切にしてくれた、それだけのことだったに違いない。それでもいつしか、スーパーに行き、彼と言葉を交わすことが、僕の日課のようになっていた。

*　*

そんなふうに日々が過ぎて、五月のある日、僕は放課後、買い物に出かけた。

国鉄ブライトン駅から少し南に下ったところに小さなロータリーがあって、そこから分岐するウエスタン・ロードには、衣料や雑貨や食料品を売る店が密集している。

いつもアズダで買い物をする僕だが、たまには、その通りにあるマークス&スペンサーというべつのスーパーマーケットに行く。そこで売っている中華惣菜が、旨いのだ。

その日も、アルミ容器に入ったヤキソバやら酢豚やらを購入し、さてあとは、筋向かいのHMVでCDを買おうと広い道路を渡ったところで、目の前を一台の自転車が横切った。その青いマウンテンバイクは、僕がこれから行こうとしているHMVの前で停まった。

僕はなんの気なしに、その自転車の乗り手を見て……そしてギョッとした。

目に入ったのは、色の薄い金髪。しかも、頭頂部で一房だけ、ぴょんと跳ねている。そして、背の高い、痩せた身体。

彼だ。いつもアズダで会う、あの店員だ。

自転車を街灯にチェーンで縛りつけた彼は、軽い身のこなしで立ち上がり、そして視線に気づいたのか、僕のほうを見た。

ちょっと驚いたように灰青色の目を見張った彼は、すぐに軽く片手を上げ、いつもの笑顔を見せた。顔が細いので、笑うと口がよけいに大きく見える。まるで、セサミストリートのマペットのようだ。

「や、元気?」

ぼうっとその姿を見ていた僕も、はっと我に返って挨拶を返した。

「や……やあ」

外で見ると、軽く目にかかる長さの彼の金髪は、日の光を受けて眩しく見えた。洗い晒《ざら》しですり切れる寸前のコットンシャツとブルージーンズといったラフな服装のせいか、職場で見る彼と、ずいぶん雰囲気が違う。

「いつもアズダで会うよな。町で会ったのは初めてだ」

そう言って、彼は片目をつぶった。驚いた。まさか僕のことを、町中で識別できるくらい覚えていてくれるなんて、思わなかったのだ。

彼は僕が提げたビニール袋をチラと見て、肩を竦《すく》めた。

「今日はマークス&スペンサーか。あっちのほうが、モノはいいもんな」

僕は慌てて、弁解しようとした。

「あのっ、え、えっと、今日は中華料理食べたくて、それで……」

「あんたがどこで何を買おうと、俺は気にしない。それに俺だって、マークス&スペンサーでよくサンドイッチを買うよ」

あっさりそう言って、彼はHMVの店内を指さした。

「CD買うのか?」

「あ……う、ううん、べつに今日でなくてもいいんだ。ちょっとついでに見ようかと思っただけで」

また吃驚《びっくり》した。まさか、こんなに長い英文を、一息に喋れるようになっていたなんて。しかも、僕は今、言いたいことを日本語でまず思い浮かべて、それを英語に変換する……というういつもの作業をしなかった。ごく自然に、英語が口をついて出たのだ。それは初めての経験だった。

彼は、そんな僕の驚きには気づきもせず、こう言った。

「そっか。暇だったら、そこでお茶でも飲まないか。今から行くところだったんだ」

彼が指さした先は、NEXTという洋服のチェーン店で、カフェでもパブでもなんでもない。僕が戸惑っていると、彼はさっさと先に立って歩いていってしまう。僕は仕方なく、そのあとを追った。

すると驚いたことに、ショップの二階の片隅が、セルフサービスのスタイリッシュなカフェになっていた。

彼は、そこで「一押し」のホットチョコレートを奢《おご》ってくれた。ばかでかいカップに、濃くて熱いホットチョコレートがなみなみと注がれ、その上に小山のようなホイップクリームとココアパウダーをトッピングし、ご丁寧にクリームにはキャドバリーのチョコフレークバーまで刺さっているという、ものすごい代物だ。

「な、すごいだろ。俺が知る限り、これが世界でいちばんグレイトなホットチョコレートだ」

どうやら、相当な甘党らしい。彼は心底嬉しそうな顔で、ホットチョコレートを啜《すす》った。促されて、僕もずっしり重いカップを手に取り、一口飲んでみた。凄《すさ》まじく甘いが、確かに旨い。初夏とはいえまだまだ冷たい海風に晒されていた身体に、それは優しくしみとおった。

「で？　お互い、こんなところで会ったからには、少しはパーソナルな話をしないか？　アズダでは、商品の話ばっかだもんな」

彼はそう言って、また笑った。どうやらこの男、職場にいるときに限らず、いついかなるときも、ニコニコしているらしい。

僕が頷くと、彼はおもむろに自己紹介を始めた。

「俺、ジェレミー。ジェレミー・ソーンっていうんだ。あんたは？」

「コーヨー・ツダ。ええと、航洋が名前で、津田が姓」

僕は、ペーパーナプキンに、ボールペンで自分の名前を書いてみせた。

「ココ?」

彼……ジェレミーは、たどたどしく僕の名前を口にする。僕は心の中で苦笑いしつつ、それをあえて訂正することはしなかった。どうやら僕の名前は、この国の人たちには発音しにくいらしい。「コーヨ」と呼ばれることは多いが、彼はそれをさらに縮めて呼んだ。

「ココ……ココ、な。よし、覚えた」

彼は嬉しそうに、ちょっと間違った僕の名前を何度か呟き、満足げに頷いた。


僕らは、そのカフェで、日暮れまで話し込んでいた。そこは知る人ぞ知る場所だったらしく、客はあまり多くなかった。それに、大きな窓から差し込む光が温かくて、とても気持ちよかったのだ。

ジェレミーは、今二十九歳だと言った。大学で古美術の修復術を勉強しつつ、生活費を稼ぐため、アズダで働いているらしい。

「古美術の修復って何?」

僕が訊ねると、彼はこう答えた。

「まあ、いろいろあんだけどさ。俺が今勉強してるのは、壁画の復元なんだ」

「壁画?」

「ああ。古い教会には、昔描かれた壁画がけっこうあるんだ。けど、色が剝《は》げたり、上から漆喰《しっくい》で塗りつぶされてたりして、けっこうひどい状態になってんだよ。それを、元どおりに近い状態に戻してやるんだ」

「へえ。それってすごい仕事だね！　芸術家なんだ」

世の中には、いろいろな職業があるものだ。僕が感心してそう言うと、ジェレミーは照れくさそうに額をポリポリと掻《か》いた。

「すごいのは、オリジナルを描いた奴さ。俺たちは、それを甦《よみがえ》らせてやる技術者にすぎないよ。芸術家じゃない」

「そうかなあ」

「そうだよ。ま、その買い被《かぶ》りはちょっと嬉しいけどな」

「それで、いつ勉強してるの？　アズダで仕事もしてるのに」

「うーん、アズダで働いてんのは、夕方から閉店までだから。それまでは大学に行ってる。今日も、大学の帰りなんだ」

「今日は仕事行かないの？」

「うん。身体が疲れたと思ったときに、適当に休みをもらうことにしてる。パートタイム・ワーカーだから、決まった休みはないんだ」

そうだったのか。僕もいつも学校帰りにしか行かないから、午前中は彼もいないことを、そのとき初めて知ったのだった。

「でも、勉強して仕事して、両立させるの大変じゃない？」

僕が訊ねると、彼は軽く肩を竦めた。

「大変だけど、勉強で飯は食えないだろ。まだ、修復の腕も半人前だし。それに、たくさんの人に会えるアズダでの仕事は、美術の勉強に役に立つ」

「本当？　どんなふうに？」

気づけば僕は、恐怖心や恥じらいを忘れ、一生懸命英語で喋っていた。それはきっとジェレミーの物腰のせいだったのだと思う。

彼は、朴訥《ぼくとつ》とした語り口で、ゆっくり何度でも同じ言葉を繰り返してくれた。僕が理解できたとわかると、満足そうに口を噤《つぐ》み、今度は僕の言葉にじっと耳を傾けてくれる。学校の先生よりずっと辛抱強く聞いていて、僕が捜している言葉を的確に口にする。その単語を嵌《は》め込むと、ちゃんと言いたいことが一つの文章として完成するように。

ジェレミーは、すっかり饒舌《じょうぜつ》になった僕に、やはり穏やかに問いかけた。

「ロンドンのナショナル・ギャラリーにはもう行ったか？」

「うん。ここに来て、最初の週末にロンドンに行ってみたんだ。すごく広くて吃驚した。中も迷路みたいで、とても全部見て回れなかったよ」

ジェレミーも、片手で頬杖《ほおづえ》をつき、笑顔で頷いた。

「あそこには確かにたくさん絵がある。でも、好きな絵も嫌いな絵も、どうでもいい絵もあったろ？」

「うん。正直言って、好きじゃない絵も、感動して涙出そうになる絵もあった」

うんうん、とジェレミーはシャツの胸ポケットから煙草《たばこ》を出しながら頷いた。

「そりゃそうだ。でも、あそこには毎日、何百人、何千人って人間が来る。それぞれの人にお気に入りの絵があって、気に入らない絵がある」

ジェレミーは煙草をくわえ、またポケットを探った。マッチを取り出し、火をつける。テーブルに放り投げた煙草のパッケージからは、「シルクカット」という銘柄が読みとれた。

「そんなふうにさ、美術品って、個人の好みが確実にあるだろ？　俺にしたってあるわけよ。これから復元するぞってときに、その絵が好きじゃなかったり。ああ、一本どう？」

ジェレミーは、僕にも煙草を勧めたが、僕はそれを手振りで断った。

「そういうときは、どうするの？」

「そういうときにさ、いろんな人に会ってりゃ、『俺はこれがあんまり好きじゃなくても、あの人ならこれ好きだろうなあ。綺麗にしてやったら、きっと喜んで見るだろう』って思えるだろ？」

「あ……うん、なるほど」

「それに、復元の仕事ってのは、復元者の趣味を出しちゃいけないんだ。オリジナルを描いた人間のことを、こういう奴だったんだろうって想像して、できるだけ作者の意向に添うようにやらなきゃならない」

「それで、アズダでたくさんの人に会って、人間観察の勉強してるんだ？」

「そうそう。だから、あんたのこともよく見てるよ、俺」

そう言って、ジェレミーは青い目を細めた。僕は吃驚して、頬杖から顔を浮かせる。

「僕のことって？　買い物してるだけじゃないか」

いやいや、とジェレミーは煙草を灰皿に置いて、真面目《まじめ》な顔で言った。

「なかなか規則的な生活だぜ？　三日に一度、ダイエットコークの六缶入りとフレッシュオレンジジュースを買う。食パンは月曜日に買うと決めてるし、肉はたいてい鶏肉《とり》ばかりだ。魚は一度もアズダで買ったことはない。ティッシュペーパーは、わざわざピーターラビットの可愛いやつを選ぶ。……どう？」

「……す、すごい……」

僕は呆気《あっけ》にとられて、それしか言えなかった。僕の驚きの表情を、不審の面持ちと見てとったのか、ジェレミーはちょっと慌てた様子でこうつけ足した。

「あ、これはあくまでも、店員として観察した結果だからな。間違っても、あんたの家までつけていったりはしてないから」

その弁解に、僕は思わず吹き出してしまった。

「わかってるよ。僕をストーキングしたって仕方ないし」

「ま、仕方ないかどうかは人それぞれの思うところによって違うだろうけど」

ジェレミーはそこで口を噤み、短くなった煙草を灰皿に擦《こす》りつけ、窓の外を見遣《みや》った。外が暗くなりかけている。もう、六時を過ぎた頃だろうか。

「そろそろ、帰る？」

僕は、おそるおそる訊ねた。本心を言えば、まだ喋っていたかった。こんなに人と楽しく話したのは、この国に来てから初めてのことだったのだ。というか、そもそも引っ込み思案な僕には、日本語でもこんなに何時間も誰かと話し込むなんてことは滅多にない。

だから、ジェレミーとこのまま別れて、明日からはまた、店員と客としての世間話しかできなくなるのが嫌だった。心のどこかで、彼のことをもっと知りたい、そう思っている自分に、僕は気づいていた。

（だけど……この年になって、「友達になって」って言うの、すごく変だよね……）

僕があれこれ考えて悩んでいると、ジェレミーは新しい煙草に火をつけながら、上目遣いに僕を見た。

「もう、帰りたい？」

「あ……いや、べつに僕は暇だし……」

「俺も暇。今日はね」

ボソリと言って、ジェレミーは視線を僕から隣の椅子に載せたマークス＆スペンサーのビニール袋に滑らせた。煙草を持った手で、袋を指さす。

「それさ。どうしても今日食いたいわけ？」

僕は戸惑いつつ、曖昧《あいまい》に首を横に振る。

「あ……ううん、明日でも明後日《あさって》でも」

「明後日はヤバいだろ。腐っちまう」

ジェレミーは笑いながらちょっと考え、そしてこう言った。

「俺んち来るか？　晩飯くらい食わせてやるよ」

「ええっ」

僕はまじまじと彼の顔を見つめた。まさか、彼のほうからそんな申し出をしてくれるなんて、思いもしなかったのだ。

ジェレミーは、ちょっと照れくさそうに鼻の下を擦って言った。

「なんか、もうちょっと話してたいような気がしてさ。無理には誘わないけど、あんたがよけりゃ……」

「行く！」

気がつけば、口が勝手に即答していた。今度は、ジェレミーのほうが面食らったように目を丸くする。

「あ、あの……ゴメン、行きたい。いい？」

僕が慌てて言葉を足すと、ジェレミーはプッと吹き出した。

「そりゃ、俺がご招待してんだから、いいに決まってるだろ。じゃ、行くか。けっこう歩くけど、大丈夫だよな？」

その言葉どおり、彼のフラットは、駅からかなり北にあった。彼は自転車を押し、僕はビニール袋を提げて、暗くて急な坂道を上った。

僕のフラットがあるマリーナと、山手の住宅街とは全然環境が違う。坂道に沿って南北に細長いフラットが隙間なく並んでいるので、少し息苦しい感じがした。

ウエスタン・ロードから三十分は歩いただろう。ジェレミーはようやく、一軒のフラットの前で自転車を停めた。

「ここ。ここが俺んち。賃貸だけどな」

それは、イギリスではごく一般的な、三階建てのフラットだった。暗いのでよくわからないが、街灯に照らされたそれは、決して豪華なものではない。壁は薄い水色に塗られ、玄関の木の扉は、赤っぽい茶色だった。

「家族と住んでるの？」

そう訊ねると、彼は、ガチャガチャと鍵を開けながら、無造作に答えた。

「いや、俺はひとりだよ」

「じゃあ、こんな大きな家にひとり？」

「いや、この家、シェアしてるんだ。……さて、ようこそ我が家へ」

ちょっとおどけた仕草で片手を広げ、彼は僕を家の中へと通してくれた。扉と同じ幅の狭い廊下。しかも、入ってすぐ、二階へと続くこれまた細い階段がある。

「右の部屋、入ってくれよ。リビングだから」

言われるままにリビングに入ると、そこは居心地のよさそうな、こぢんまりした部屋だった。

大きな出窓は表通りに面しており、植木鉢がいくつか並べられている。ソファーセットは古びているが、大きくてゆったり座れそうだった。絨毯は淡い紫で、それに合わせて、カーテンも紫色だ。

「シェアって何？」

「あんた、質問ばっかりだな」

あとから入ってきたジェレミーは、そう言って苦笑いしたが、気を悪くしたわけではないらしく、律儀に教えてくれた。

「つまり、二階に俺、三階にほかの奴が住んでるのさ。で、台所とリビングと風呂《ふろ》とトイレは共有ってわけ。それをフラットシェア、シェアしてる相手を、フラットメイトっていうんだ。……ああ、そのへん、好きなとこに座れよ。今、お茶でも入れる。身体冷えたろ」

ジェレミーはリビングの奥にある台所へと足を向けた。僕は、少し逡巡《しゅんじゅん》したが、ソファーには座らず、彼のあとについて台所に行ってみた。

「なんだよ。珍しいか、台所なんか」

薬缶《やかん》を火にかけ、ジェレミーは手際よくティーポットやマグカップを用意しながら、チラリと僕を見た。僕は、素直に頷く。

「うん。僕が借りてる家、一戸建てじゃなくてアパートメントだから。フラットって、こんなふうに奥に長いって、知らなかった」

「はは、玄関から見たら狭そうだけど、これでけっこう奥行きがあるだろ。そこから、庭に出られる」

「庭？」

勝手口の扉を開けて、僕は庭に首を突き出してみた。残念ながら、暗くて庭の様子はよく見えない。

「何か……あるの？」

「何かって……物干し竿《ざお》くらい。残念ながら、俺もフラットメイトのジョナサンも、庭いじりをする暇はないんだ」

「ジョナサンって、友達？」

「いや。知り合いの友達。奴は会社員だよ。あんまり接点もないし、挨拶と世間話をするくらいの仲かな」

「……へえ」

そうして立ったまま話している間に、ジェレミーはマグカップにたっぷりのミルクティーと、お茶菓子を用意してくれた。それをリビングに持っていき、僕らは二度目のティータイムに突入した。

お茶菓子は、表面にブツブツ穴が空いた、小さなホットケーキのような代物だった。それをトースターで軽く焼いて、バターを塗って食べる。

「クランペットっていうのさ。この国じゃ、ポピュラーな菓子だよ」

「スコーンより？」

「同じくらいかな。俺はこっちのほうが好きだ」

ジェレミーはそう言って、大きな口でクランペットにかぶりついた。唇がバターだらけになるのもおかまいなしだ。僕もそれにならって、口いっぱいにクランペットを頬張ってみた。あまり甘くなくて、たっぷりしみ込んだバターが、とても美味《おい》しかった。

「今日一日で……」

僕はお茶を飲みながら言った。

「うん？」

「すごく賢くなった気がする。それに……こんなに誰かと喋ったの、初めてなんだ」

ジェレミーは、優しい形の眉をちょっと上げた。

「そういや、一ヶ月前初めて会ったときは、全然喋らなかったもんな、あんた。ちょっと焦ったよ」

「喋れなかったんだ、なんか緊張して、怖くて。だけどジェレミーは、ちっとも動じてなかったじゃないか」

「そう見えただけだって。怖い顔で黙りこくってるから、どうしようかと思ってた」

「あ……ご、ごめん」

僕が頭を下げると、ジェレミーは笑ってかぶりを振った。

「べつにいいさ。俺が勝手に話しかけてただけだし。……なんか、あんたって、最初に会ったときから気になってたんだ。ほっとけないんだよな。全身で寂しいって言ってて」

「さ……寂しい？」

「俺の勝手な印象。違うんだったら、悪い」

「いや……違うっていうか……ええと……」

僕が返答に困っていると、ジェレミーはすっとソファーから立ち上がった。

「俺さ、これから晩飯作るけど……手伝うか？」

「あ、うん」

僕もつられて腰を浮かせる。

「何を作るの？」

狭い台所の調理台に並んで立ち、訊ねると、ジェレミーは「う—ん」としばらく考えてから答えた。

「冷蔵庫にあるもので……そうだな、パスタとガーリックブレッドってところで。……ところであんた、料理は得意か？」

「ええと……ううん、全然……」

「じゃあ、ナイフを使う仕事は俺がする」

流しの上の針金を編んだかごから、ジェレミーは人参を二本出して僕に渡した。

「そこにピーラーとスライサーがあるだろ」

「あ……うん」

僕は言われるままに、ピーラーで人参の皮を剝《む》いた。四角いスライサーを使って、鱗《うろこ》状の不思議な形に人参をスライスしていく。

　ジェレミーは、鼻歌混じりにタマネギをみじん切りしながら、口を開いた。

「さっき、俺の話と美術品の復元作業の話ばっかりして……」

「うん？」

「あんたのこと、全然訊けなかった。今度は教えてくれよ、あんたのこと」

「……僕のこと？」

「ああ。俺のことはちゃんと教えたのに、俺はあんたのことを何も知らないんじゃ、これからつきあいようがないだろ？」

（これから……つきあい……）

　その思いがけない言葉に僕は思わず手を止めてしまった。それを違う意味に取ったらしく、ジェレミーはちょっと悪戯《いたずら》っぽく目を細め、僕を睨《にら》むふりをした。

「なんだよ、秘密主義か？」

「あ、違う、違うって。そうじゃなくて」

「じゃなくて？」

「これからも……つきあって……って、その、僕と友達になってくれるってこと？」

　どうも英語だと、えん曲な表現が思いつかない。僕は仕方なく、日本語に言い換えたら恥ずかしくて憤死しそうなストレートな質問をぶつけてみた。

「……ああ？」

ジェレミーは面食らったように、青い目をパチパチさせる。それから彼は、片手にタマネギ、片手にペティナイフを持ったまま、身体ごと僕のほうを向いた。

「……日本じゃどうだか知らないが、この国じゃ、嫌いな奴は自宅に招待しないよ」

「……そうなの？」

「少なくとも俺は、友達にしたい人間しか、家にあげない」

「そ……う、なんだ」

「そうだ。だから、ここまでノコノコついてきた時点で、あんたは俺の友達、俺はあんたの友達さ。異存があるか？」

エニィ・オブジェクション？　とちょっとおどけた口調で言って、彼はまたタマネギ刻みを再開する。

驚きが、少しずつ喜びに変わってくるのがわかった。初めてできたイギリス人の友達が彼であったことが、何より嬉しかったのだ。

「で？　あんたの名前は聞いた。コヨ・ツダだろ。そのほかは？」

タマネギのせいで涙目になったジェレミーがなおも訊いてくる。

僕は、人参をゆっくりとスライスしながら、考え考え答えた。

「どこから言えばいいのかなあ。ええと、僕は今、二十二歳で……。家は日本の千葉……東京の近くにあって」

「ふむ。二十二歳でジャパニーズ。仕事は？」

「仕事は、アルバイトで食べ物屋の店員とか、家庭教師とか。本当はまだ学生なんだ」

「学生ってことは、大学生だろ？　専攻は？」

まるで刑事の誘導質問のように、ジェレミーはすらすらと質問を繰り出す。そのあいだにも、冷蔵庫から挽肉《ひきにく》を出し、フライパンで炒《いた》め……と、彼は少しも手を休めない。よほど、料理をし慣れているのだろう。

僕は、スライスし終わった人参をフライパンに入れながら、素直に答えた。

「医学部。……ああでも、大学生だった、って言ったほうがいいかな」

「……というと？」

「『退学届け』を……ええと、退学届けって英語でなんて言うんだろう。その……」

「タイガクトドケ？」

僕の日本語発音をそのまま口にして、ジェレミーはその響きを楽しむような顔つきをする。

僕は、なんとかしてその言葉を使わずに、状況を説明しようとした。

「つまり、勉強しなくなったっていうか」

「ああ、大学を辞めたんだな？」

「うん、そう」

「どうして？　……あ、そこにスープのキューブがあるから入れてくれ。三つくらい」

僕は言われるまま、大きなビーフブイヨンのキューブを三つ取り、包み紙を剝がしながら答えた。

「上手く英語で説明できなかったら、ごめん。去年、大学五年生で、一年間、病院で医者の練習をしたんだ」

「インターンみたいなもんか？　あ、それが終わったら、下の戸棚から、トマトの水煮缶出して」

「うん。本物の医者みたいに患者さんを担当して、体温測ったり、血圧測ったり、脈とかも……」

「注射や手術も？」

「ううん、それは見るだけ。まだ医者じゃないから」

「ふうん。それで？」

「……僕は、心から医者になりたいわけじゃないんだ」

僕が開けて渡したトマトの水煮缶を、手でグジャグジャと握りつぶしながら、ジェレミーは不思議そうな顔で僕を見た。

「ああ？　どういうことだ、それは」

「僕の父は、内科の医者でさ。小さい頃から、医者が世界でいちばん素晴らしい職業だって言われ続けてた」

ふん、とジェレミーは鼻を鳴らす。だが、彼が何も言わないので、僕は話を続けた。

「べつにやりたいこともなくて……大学どうしようかなって思ってたら、父が医学部を受けろって言った」

「それで?」

「そうすれば、父が喜ぶと思って。どうせやりたいことがないんだから、べつにいいやと思ってさ」

「で、合格したんだ?」

「うん。僕、ひとりっ子だけど、それまで両親の期待に応《こた》えられたことなんかなくて。初めてだったんだ、親を喜ばせられたの」

「それで?」

「医者になったらもっと喜んでくれるかな……そんな気持ちで、必死で勉強した。成績、悪くなかったよ。だけど……病院で実習を始めたら、僕……」

僕は、パスタを茹で始めた彼に代わって、ミートソースを煮込みながら告白を続けた。

「当たり前なんだけど、患者さんは病気とか怪我《けが》で苦しんでて……。ええと、元気になりたくて。一生懸命で」

「ああ」

ジェレミーは、相槌《あいづち》しか打たない。どうやら、すべて聞き終わるまで、何も言わないつもりらしい。

「患者さん、僕に訊くんだ。よくなりますか、治りますか、って。そうだよね。医者は、患者を治すためにいる人なんだから。だけど僕は……」

僕は、いい匂《にお》いをさせ始めたソースを闇雲《やみくも》に混ぜながら言った。

「僕はそれまで、患者さんのため……なんてこと、一度も考えなかった。医者になったら父さんが喜ぶ、母さんが僕のこと誇りに思う、それでみんな上手くいく……そんなこと思ってた」

英語で喋っていても、ちゃんと感情はこもるのだ。自分の声が苦く聞こえて、なんだか不思議な感じだった。

「駄目だよね。偉くなるために、褒められるために医者になろうとしてる自分が、嫌いになった。こんなので、医者になったら駄目だと思った。だから……」

「だから、ここに来た？」

「うん。自分のことばっかり考えてる自分が恥ずかしくなって、大学辞めるって言ったら、父と喧嘩になった。でも……親の顔色ばっかり見て、本当にやりたいこととか、やるべきこととかを、これまでちゃんと考えなかった僕を変えなきゃって、そう思ったんだ」

「だったら、親と別れて暮らせばいい。この国じゃ、二十歳過ぎて親と暮らしてる男は、ちょっと怪しまれるぜ」

「イギリス人は、独立が早いんだね。日本じゃ、結婚するまで親と同居する人も多いよ」

「へえ。……で？」

「どうせなら、自分を徹底的に追い込んでみたかったんだ。日本じゃ、誰か甘える人が見つかってしまいそうでさ。だから、初めて来る、知ってる人が誰もいない国で、なんていうのかな……自分を新しい人間に生まれ変わらせたいって」

「なるほどな」

ジェレミーは、茹で上がったパスタの湯を切り、僕のかき混ぜていたミートソースにザバリと空けて言った。

「けど、贅沢《ぜいたく》だって言われないか、あんた」

僕は恥ずかしくて、俯いたままパスタとミートソースを混ぜながら「うん」と答えた。

「言われた。きっと、君もそう思ってるんだろうね」

日本を出る前から、それこそあらゆる人に、お前は贅沢だ、恵まれた立場にいて何が不満だと言われ続けていた。

このあいだ学校でも、この国の若者は、大学に進むだけの経済力がない者が多く、進学を諦めたり、働きながら学んだりしていると教えられた。だから……。

(きっと、軽蔑《けいべつ》された……)

さっき、友達だと言ってくれたのは、僕がこんなにつまらない人間だと知らなかったからだ。知ってしまった今は、僕のことをそういうふうに思ってはくれないだろう。

(言うんじゃなかった)

遅すぎる後悔が、胸にこみ上げた。

だが、ジェレミーはフリーザーからアルミホイルに包んだパンらしきものを取り出し、オーブンに放り込むためにしゃがんだまま、無造作に言った。

「そりゃ、思うさ。俺は貧乏学生だからね。けど、あんたの行動は正しいと思うよ」

「……え？」

ジェレミーは、軽快に立ち上がり、屈託のない笑顔で言った。

「贅沢ができる家庭に生まれたのは、あんたの運さ。他人がそれをとやかく言うのは、ただのやっかみだと受け流してしまえよ。自分がラッキーだからって、そんなに小さくなることはない。堂々としてりゃいいんだ」

思いもかけない言葉に、僕の手は木べらを持ったまま、完全に停止してしまった。ジェレミーは、小さく肩を竦めて、言葉を継ぐ。

「ぬくぬくした温室から外の世界に出ていくのは、最初から嵐《あらし》の中を歩くより、かえって難しいし、つらいと思うよ、俺は」

「ジェレミー……」

「だから、そんな辛気くさい顔すんな。せっかく、この国に来て、新しい生活をスタートさせたんだろ？」

「う、うん……」

「だったら、ガチガチに固まってないで、もっと楽しめよ。人間、楽しまないと変われないぜ」

「楽しむ……？」

「しゃかりきになって苦労するだけが、偉いんじゃないってことだ。やりたいことをやればいい。成功しようと失敗しようと、そこから学べばいいだけのことだろ。無駄なことなんか、何もない」

僕は面食らってしまって、何も言い返すことができなかった。

今まで、そんなことを言ってくれた人はいなかった。誰も、失敗してもいいなんて、言ってくれなかった。恵まれた立場を捨てることが悪いことじゃないなんて、それまで誰も言ってくれなかった。

なんだか、暗闇の中で、誰かがそっと手を取り、光の在処《ありか》を教えてくれているような、そんな気すらした。

「何吃驚してんだよ。当たり前のことじゃないか。……さて、冷めないうちに食おうぜ」

「あ、う、うん」

僕が、自分の驚きを伝えるための言葉を探しているうちに、ジェレミーはさっさとパスタを皿に取り分け、フライパンを流しに放り込むと、オーブンを開けた。焼けたガーリックとバターの香ばしい匂いが、台所に充満する。途端に、腹がぎゅーっと鳴った。

僕らは、ダイニングで向かい合って、夕飯を食べた。

ものすごく適当に作ったように見えた即席ミートソースのパスタは、とても美味しかった。ニンニクを擦りつけ、バターを塗って焼いただけのバゲットも、食べ始めると止まらない。

「で、あんた、今どこに住んでて、ここで何してるんだ？」

食べながら、さっきの話の続きを始めたジェレミーに、僕もガーリックブレッドを齧《かじ》りなから答えた。

「アズダのすぐ近く。マリーナのホリデイフラットに住んでるんだ。で、英語学校に通ってる」

「ふーん……。じゃ、一応、語学留学ってわけか。ほかには？」

「今は、特に何も」

「じゃ、暇だろ」

「うん……。宿題とかあるから、家で勉強したり、テレビ見たりしてるけど。だって、ひとりで出かけてもつまらないし、週末以外は、ロンドンに行くほどの時間はないし」

「だろうな。地元の奴と一緒でないと、特に夜出かけるところには不自由するよな」

もぐもぐとパスタを頬張りながら考えていたジェレミーは、やがてボソリと言った。

「俺、毎日ってわけにはいかないけど……時々なら、連れてける」

「え？」

「だからさ。俺の行くとこでよけりゃ、だけど。行きつけの小さなパブとか、クラブとか。そんなとこには興味ないかな、あんた」

「いいの？　ホントに？」

「ああ。……ここには、いつまで？」

「一応、一年の予定。でも、六ヶ月経ったら、ビザを取らなきゃいけないんだ。それが上手くいくかどうかわからない」

「ふむ。じゃ、とりあえず半年は、ここにいるんだ。そのあいだに、この町でいろんなことをしていけばいい。……俺はこの町が好きで落ち着いたから、あんたにもここを好きになってほしいよ」

「……ありがとう」

僕は胸がいっぱいになって、それだけしか言えなかった。まさか、こんなことが起こるとは思わなかったから、たとえ日本語だって、自分の喜びの大きさを彼に伝えることはできなかっただろう。

「礼なんか言うなよ。友達と遊びに行くだけだろ?」

かえって自分のほうが恥ずかしそうに、ジェレミーは、長い指でこつこつとテーブルを叩きながら言った。

「変なんだよな。ジャパニーズの知り合いはあんたが初めてってのもあるんだけど……あんたはどうも、ほっとけないよ、ホントさ」

「……頼りないとか、情けないとか、そういうこと?」

僕がちょっとムッとして訊ねると、彼は食後の煙草に火をつけ、違うよ、と笑った。

「そうじゃない。あんたが可愛いからさ。変な意味に取るなよ、ほかにいい言葉が見当たらないだけだから」

またしても「キュート」という言葉をくらい、僕は絶句する。そんな僕の頭をテーブル越しにポンと叩き、ジェレミーはくわえ煙草で言った。

「さてと、そんじゃお近づきのしるしに、あとでパブに一杯やりに行くか」

その日から、僕の生活は一変した。

そう言うと大袈裟《おおげさ》に聞こえるかもしれない。けれど、ジェレミーのおかげで、行動半径が一気に広がったのだ。

時々連れ出してやる、という言葉に嘘はなく、ジェレミーは三日に上げず、僕を誘ってくれた。

大概、アズダで僕らは顔を合わせ、お互い予定が合えば、彼の仕事が終わってから一緒に出かけた。

パブ、劇場、映画館、クラブ……。行く先々で、彼は僕を彼の知り合いに引き合わせてくれた。おかげで、僕はずいぶん、いろんな人と顔馴染みになることができた。

特に頻繁に通ったのは、ジェレミー行きつけの地元の小さなパブ「グリーン・ドラゴン」だった。最初の数回こそ、僕に奇異の目を向けていた店員や客たちも、そのうち僕に手を挙げて挨拶し、時には話しかけてくれるようになった。

ジェレミーと一緒なら、僕は誰とでも英語で話せるようになった。僕が言葉に詰まっても、彼が助けてくれるとわかっているから、安心していられたのだ。ただ、ひとりのときは、相変わらずの引っ込み思案だったけれど。

出かけるのも物憂いような雨降りの日は、ジェレミーは仕事帰りに、僕の部屋を訪ねてくることがあった。

そんなとき僕らは、デリバリーのジャンクフードを食べ散らかし、ソファーでゴロゴロし、テレビを見たり、ただつまらないお喋りに興じたりした。

つきあえばつきあうほど、ジェレミーは、不思議な男だった。

陽気というわけではないが、いつも笑っていて、不機嫌な様子を見せたことがない。誰にでもわけへだてなく親切だから、僕が会った誰もが、ジェレミーに好意的だった。

ただ、彼と話すたびに、彼が本当は自分のことを何一つ見せないたちだという気がして仕方がなかった。

確かに、今やっていること、将来の夢、そんなものについては何一つ隠さず話してくれる。だが、故郷や家族、そして子供時代の話題になると、彼は途端にふっつりと黙り込むのだ。

そんなときでも、彼は決して機嫌を損ねたふうではなかった。ただ、それについて語る言葉を持たないかのように、困った顔で微笑むだけで。しかしその笑顔は、僕に追及を諦めさせる不思議な威力を持っていた。

話してくれないせいで、よけいに彼の素性が気になることはあった。だが、誰にでも語りたくない過去はある。

今、彼と過ごす時間が楽しいのだから、それで十分だ。この平穏な時を壊すようなことはしたくない。そんな思いが先に立ち、僕は、彼のことはほとんど知らないまま、ただ、刹那《せつな》の安らぎに身を委《ゆだ》ねていた……。

そんなある夜。

僕とジェレミーは連れ立って、少し遠くのクラブまで出かけた。僕ら二人ともが好きなミュージシャンのポール・ウェラーがシークレット・ギグをするというので、ほとんど隣町のホーブに近いそのクラブまで、足を伸ばしたのだ。

本当は午後九時過ぎから始まるはずだったライヴは、開始が遅れに遅れ、結局ウェラーが姿を現したのは、日付が変わる頃だった。

ただ、ライヴそのものは本当に素晴らしく、僕らは心から満足して、クラブをあとにした。

「俺は駅前でタクシー拾って帰るけど、あんたはどうする?」

ジェレミーは、大きく伸びをしながら訊ねてきた。僕は、腕時計をチラリと見た。午前一時四十分。どうやら、僕もタクシーを使ったほうがよさそうだ。

ただ、ジェレミーの家は丘側なので駅前でタクシーを拾うのがいいだろうが、僕の場合は、海沿いで拾ったほうが安上がりだ。それで僕らは、おやすみを言って別れた。

「さて、きっとこのへんに、タクシー乗り場くらいあるよね……」

僕は海沿いの通りを目指して、歩き出した。こんな時間でも、大通りにはまばらに人がいる。

思ったとおり、通りの一角に、黄色いタクシーが数台並んで客待ちをしていた。

車に乗ろうと近づきながら、僕はハッと足を止めた。鞄《かばん》を探り、財布を取り出す。

(そういえば、さっき……)

家を出るとき、うっかり金を補充してくるのを忘れ、チケット代を払うのがやっとだったことを、今さらながら思い出した。

案の定、財布の中には、一ポンド硬貨が一枚と、あと小銭が少し入っているだけだった。日本円に直して二百円ほど。これではとても、タクシーに乗ることはできない。

今にして思えば、自宅まで乗せてもらい、代金を取りに行くあいだ待っていてもらえばよかったのだが、その交渉をするのが、僕はちょっと怖かった。

ヒースローからこの町に連れてきてくれたタクシー運転手の印象が強すぎて、僕は、タクシーに乗るたびに、ひどく緊張していたのだ。この上、運転手にそんなことをお願いして、拒否されたり疑われたりしたら、僕はもう、タクシーに乗ること自体が嫌になってしまうだろう。

(……大通りだし。歩いて帰っても大丈夫だよね)

人通りはあるし、十数メートルおきに街灯もある。マリーナまで一本道だし、物騒なことは何もないだろう。

そう判断して、僕は家まで歩いて帰ることにした。ゆっくり歩いても、一時間もかからないはずだ。早足で歩いて温まった身体に、冷たい潮風が心地よい。街灯や月の光を反射して、黒い海面が、キラキラ光って綺麗だった。

「歩くことにしてよかったかも」

そんな呑気《のんき》な台詞を呟き、腕時計を見ると、もう歩き出してから三十分経っていた。マリーナの灯《あか》りは、まだかなり遠くに見える。

ふと、背後から足音が近づいてくるのに気づいた。誰かが、こっちへ向かって走ってくるらしい。

何気なく振り向いた僕は、ギョッとして立ち止まった。

こちらへ駆けてくるのは、ひとりの男だ。街灯に薄暗く照らされたその姿は中肉中背で、年齢はよくわからないが、マッチョなほうではない。だが、両手をぶんぶん振り回し、ジャンプするような妙な足取りで走るその姿は、尋常ではなかった。

「な……何……」

あまりに驚くと、人間、固まるものだ。僕もご多分に漏れず、逃げなきゃと頭が言っているにもかかわらず、足が一歩も動かなかった。

その間に、男はどんどん近づいてきた。二本向こうの街灯が、奇妙な踊りを踊るようにこちらへやってくるその男の顔を、一瞬照らした。

まだ若く、学生風の男だ。だが……。

(嘘だろ……)

男の顔は、まるで特殊メイクでもしたように、血だらけだった。金髪がベッタリと血に濡れ、彼がジャンプするたび、赤い雫《しずく》が、あちこちに飛び散っている。

うあああ、と意味不明の大きな叫び声が、男の口から放たれた。それが、僕の身体にかけられていた金縛りを解いた。

「だ、誰か」

僕は、素早く周囲を見回した。生憎《あいにく》、ほかの通行人は近くに見当たらない。

男は、僕を標的と定めたらしい。奇声をあげながら、まるで映画のゾンビのように両手を振り上げ、ものすごいスピードでこっちへ向かってきた。

「ち……ちょっとヤバいよ、これ」

僕はとっさにマリーナのほうへ走り出した。男から、なんとか逃げきらなくてはいけない。

その頃になって、強烈な恐怖が全身を駆け抜けた。

だが、男は疲れを知らなかった。走っても走っても、同じスピードで追ってくる。対する僕は、日頃の運動不足が祟《たた》り、ちょっと走っただけで喉がカラカラになり、足がもつれてきた。

これでは、追いつかれ、捕まえられるのは時間の問題だ。

「ど……っか、隠れるとこ……」

泳ぐ視線が捉《とら》えたのは、前方にある電話ボックスだった。僕はとっさに、その中に飛び込んだ。

受話器を耳に当て、なけなしの一ポンド硬貨をスロットに押し込む。

「け、警察。一一〇番……あ、それは日本の話じゃないかあ。この国の警察……ええと……ああ、わからない！　どうしよう」

落ち着いて見れば、電話機のすぐ上に、警察のナンバーが書いてあったはずだ。だが完全に冷静さを失っていた僕は、それすら気づけずにいた。

男は僕の入っている電話ボックスまでやってきて、文字どおり、ガラスの壁面に張りついた。血だらけの頬をガラスに押しつけ、中にいる僕を睨みつける。

その目の虹彩《こうさい》の不自然な開きように、僕はハッとした。

「こいつ……ジャンキーだ……」

おそらく、麻薬中毒者なのだろう。それで、どこかで負傷したことにも気づかず、痛みも感じず、そしてこんなに常識を越えた体力を発揮しているのだ。

となれば、この男がこの先どんな常軌を逸した行動をとっても、不思議はない。

「うわ……あ、あ……」

僕の命綱は、握りしめている受話器だけだ。誰かに助けを求めなくては。そう思ったとき、僕の頭に浮かんだ人はひとりだけだった。

何度も押し間違えながら、ようやく唯一記憶している電話番号を押す。呼び出し音が聞こえ始めた。片耳からは、男がドンドンと拳《こぶし》でガラスを叩きながら、何やら喚《わめ》いている声が聞こえる。

（お願いだから……帰ってて……）

そんな祈りが通じたのか、七回目のコールで、だるそうな声が聞こえた。

「もしもし。ジェレミーだけど」

その声を聞いた瞬間、僕はじわりと目頭が熱くなった。だが、ジェレミーの声が聞けただけで、状況が好転するわけではない。僕は喘《あえ》ぎを堪《こら》え、必死で声を絞り出した。

「た、助けて……」

「コヨ？　どうした。タクシー、捕まらないのか？」

「ちが……」

「おい。何か変な音、聞こえるぞ。あんた今、どこで何してるんだ？」

答えようとしたとき、男が電話ボックスを両手で叩きながら、大声で「ジャップ」と叫び始めた。その声が耳に入ったのだろう。ジェレミーはいつになく慌てた様子で、早口に言った。

「わかった、何してるかは言わなくていい。とにかく、どこにいるかだけ教えろ」

僕は、情けなく涙をボロボロこぼしながら、しどろもどろの英語で、電話ボックスの位置を説明した。

「マリン・パレードの、海側の電話ボックスだな？　海側に、小さな観覧車が見えるか？　どっちに見える？」

僕は、男の血に汚れたガラスを必死で透かし、暗がりに目を凝らした。

「見え……る……。ちょっと、左側……」

「よし、わかった。すぐ行ってやるから、絶対にそこから出るな。その叫んでる変な奴、死んでも中に入れるな。いいか？」

「でも……な、何か、叩いてる、ガラス……」

「頑張れ。すぐ行くから。な?」

そんな言葉を残して、叩きつけるように電話は切れた。それでも僕は、受話器を耳から離すことができなかった。

「ジェレミー、ジェレミー……助けて……」

さっき言いたくて言えなかった言葉が、唇から勝手にこぼれ落ちる。

男は、まるで檻《おり》の中の小動物をいたぶるライオンのように、奇妙なステップで電話ボックスの周囲をグルグルと回り、そしてあちこちからガラスを叩いたり蹴《け》ったり、罵声《ばせい》を浴びせたりしてきた。男の手や顔が触れた箇所には、ベッタリと血糊《ちのり》がこびりついている。

僕は、怖くて受話器を胸に抱いたまま、電話ボックスの中央で立ち尽くしていた。膝《ひざ》がわななき、涙が溢《あふ》れ、唇は意味もなく、「助けて」と繰り返した。それが英語であることに驚いて、こんな状況だというのに、ヒステリックな笑いがこみ上げる。

やがて、恐れていたことが起こった。男が、ついに電話ボックスの扉の取っ手に手をかけたのだ。僕を外から脅かすのに飽きたのだろう。

この電話ボックスは、入るときに取っ手を引く構造なので、扉の内側には取っ手がない。扉が開かれようとしているのに、防ぐ手だてが僕にはないのだ。

「う……あ、あ……!」

僕は、扉と反対側のガラスに、背中を押しつけた。男は、不必要に勢いよく、扉を開いた。

蝶番《ちょうつがい》が悲鳴をあげる。扉が外れてしまいそうな馬鹿力だ。

狭いボックスの中に、男はぬっと身体を突き入れてきた。ボックス内の照明で照らされた男の顔は、ペンキでも被ったようにくすんだ赤に染まっている。血の臭《にお》いに男のアルコールくさい息が混ざって、僕に吐き気をもよおさせた。

「や……あっち、行け、よっ」

大声で叫んで助けを求めたいのに、恐怖で喉がひりつき、ろくに声が出ない。

それでも、これ以上男を近づけてしまったらまずい、もう終わりだという意識だけは働いていた。僕はガラスにへばりついたまま、半ば無意識に、片足で男を蹴りつけようとした。

「……わッ！」

だが、男は僕の足首を、ガシッと摑んだ。そのまま、自分のほうへぐいと引っ張る。僕はそのまま、バランスを崩してしまった。

後頭部をしたたかにガラスの壁で打ち、一瞬、視界が真っ暗になる。次に視覚が戻ってきたとき、僕は無様に、電話と壁の間の狭い隙間に尻餅《しりもち》をついていた。

「……ってぇ……」

ぶつけた後頭部の一点が、ズキズキ痛む。だが問題はそんなことではなかった。僕が呆《ほう》けているあいだに、くだんの血だらけ男が、僕の真ん前に立っていたのである。

「……あ……ぁ……！」

男は焦点の定まらない目を僕に向け、嗄《しわが》れた声で何かを喚き立てている。呂律《ろれつ》が回っていないので何を言っているのかはわからないが、「kill」だのfで始まる四文字言葉だの、「Jap」だの「hell」だのという穏やかでない言葉が連発されていることだけはわかった。

男は、苛立《いらだ》ちの表情を見せたり、歪んだ薄笑いを浮かべたりして僕を見ていたが、やがて座り込んで震えるばかりの僕のほうへ、手を伸ばそうとした。

「や……嫌だ……来るなッ！　……ああっ」

せめてもの抵抗に、両手で男を突き飛ばそうとしたが、恐怖に強張《こわば》った手の動きは嫌になるくらいスローで、いとも簡単に振り払われてしまう。

僕の行動が気に入らなかったのか、男はごつい皮ブーツの足で、思いきり僕の腹を蹴りつけた。

「ゴフッ……」

自分の喉から、カエルがつぶれたような声が勝手に出た。内臓が口のほうへせり上がってきたようで、痛みに勝る不快感のせいで、僕は思わず吐いてしまった。

男の罵声とともに、強烈なキックが身体じゅうに降り注いだ。向こうずねといい、腹といい、胸といい、腕といい、とにかく闇雲に男は僕を蹴り続けた。

「う……く、くうっ……」

もう、呻《うめ》き声しか出なかった。僕はできるだけ身体を丸くして、両手で頭を抱え込み、せめて顔と頭を庇《かば》うことしかできなかった。

（助けて……。助けて、ジェレミー）

心の中で呼び続けるのは、ただひとりの名前だった。すぐに行く、頑張れと言ってくれたその人が来るまで頑張らなくては。それだけを心の支えに、僕は必死で苦痛と恐怖に耐えた。自分のものだか男のものだかもうわからない血の臭いと、男の荒い息づかい。そして、全身の痛み。

いったい、電話してから何分経ったのだろう。まったく見当がつかない。ずいぶん長い時間待ったような気がするが、それは単に、助けを待ちわびているせいかもしれない。

男は、僕を蹴るのに飽きたのか、今度は僕のシャツの襟首を摑み、ボックスの外に引きずり出そうとした。

僕はとっさに、電話が置かれている台に両手でしがみつき、なんとかボックスの中に留《とど》まろうとした。

だが、麻薬の効果か、男の体力は尽きることがないようだった。ぐいぐいと力任せに引っ張られたせいで、シャツの襟が首に食い込み、頭がクラクラしてきた。柔道の締め技をかけられたときのように、頭や顔に血が上り、意識が遠くなってくる。

（ジェレミー……ごめん。頑張ろうと思ったけど、もう駄目かも）

ずるり、と意志に反して、両手が冷たいステンレスの台から離れた。ずるずる、とジーンズの尻が、コンクリートの床で擦れる。まるで犬か猫のように、僕はなすすべもなく、引きずられた。

……と。

キキイイィィィーッ！！　ガシャン！

耳をつんざくような凄まじい音に続いて、何かが衝突する鈍い音。そして、さっきまでさんざん僕を罵倒したり喚いたりしていた男の、ぐあ、ともぎゃあ、ともつかない悲鳴。

それと同時にシャツが解放され、その頃には完璧に貧血状態だった僕は、電話ボックスから半分はみ出した姿勢で、ぐったりとアスファルトの歩道に倒れ込んだ。もう、何がどうなってもかまわない、好きにしてくれというような、投げやりな気分だった。

だが、僕の身体はまたしても引き起こされた。今度僕の背中に触れた手は、さっきの男のそれと違って、ひどく優しかった。

「コヨ？　大丈夫か、おいっ」

焦りまくった声。それがジェレミーのものであることに気づいて、僕はハッと目を開けた。視界いっぱいに映ったのは、見慣れた面長の顔。灰青色の優しい目が、心配そうに僕の顔を覗き込んでいた。

「ジェ……れみ……？」

彼の背後に、さっきの僕と立場を交代したかのように、ヨロヨロと逃げていくジャンキー男の背中が霞《かす》んで見える。

「大丈夫か？」

ジェレミーは僕の脇に腕を差し入れ、よいしょと注意深く立たせると、空いた手で、服の埃《ほこり》を払ってくれた。そして、ただ呆然としている僕の顔をもう一度見つめ、訊ねてきた。

「ココ？　なんとか言えよ。どっかやられたか？　吐いたろ、あんた。ひどい顔だ。あいつ、いったいなんだ？」

「……わか……んな……」

英語が出てこなかった。ジェレミーの顔を見た瞬間、胸がいっぱいになって、安堵《あんど》と一緒に、恐怖までもが押し寄せてきた。

恥ずかしい、と思う間もなく、新しい涙がボロボロこぼれて、僕は両手でジェレミーの身体にすがりついた。ジェレミーは、しっかりと僕を受け止めてくれた。

痩せっぽちで頼りなく見えたジェレミーの胸は、思ったより広く、ゆったりと僕を包み込む。

片手で僕の背中を抱き、片手で僕の頭を撫でながら、ジェレミーは囁《ささや》いた。

「自転車でぶっ飛ばしてきた。……間に合ってよかった。……大丈夫だな？　何か言えよ、ココ」

それでも、僕は何も言えなかった。ただしゃくり上げるだけの僕を、ジェレミーはしばらく抱きしめていてくれた。

「電話ボックスから引っ張り出されてるあんたが見えて……。もう、何も考えられずに、自転車ごと突っ込んだんだぜ。あいつ、おとなしく逃げてくれてよかったよ」

おどけた調子の、だが少し震えたジェレミーの声が、頭の上から聞こえる。シャツ越しに聞こえる彼の鼓動は、僕と同じくらい速かった。

僕の要領を得ない電話を受けてから、彼もきっとドキドキしていたのだろう。僕を抱く彼の腕には、痛いくらい力がこもっていた。

不思議なことに、彼も動揺しているのだと気づいたときから、僕は少しずつ落ち着きを取り戻し始めていた。ただ、ジェレミーの姿を認めたときに脱力してからというもの、手足に力がまったく入らない。

ジェレミーはそんな僕を抱きかかえるようにして、マリーナのフラットまで連れて帰ってくれた。

「あー……なんか、全然大丈夫じゃないじゃないか、あんた」

リビングのソファーに僕を座らせたジェレミーは、目の前に立ったまま、腰を折るようにして僕の顔を覗き込み、呆れ口調で言った。

僕も、自分の姿をしげしげと眺め、あーあ、と思わず溜め息をついた。

暗がりではよくわからなかったのだが、今、明るい照明の下で見ると、なるほど、僕の身体は擦り傷や打ち身だらけになっていた。正気を失ったジャンキーに、あれだけこっぴどく蹴られたのだ、無理もない。

「顔、見せてみろ」

ジェレミーは両手を僕の顎に当て、自分のほうを向かせた。

その骨張った大きな手の温かさに、僕はなぜかとてもホッとしてしまう。気遣わしげに僕を見る灰青色の目は、吸い込まれそうに澄んでいた。

「顔に怪我はないな」

「手で……庇ってたから」

僕がそう言うと、ジェレミーは顔に触れていた手で、僕の両手を取り、痛々しげに顔を顰めた。ブーツの直撃を受けた両手の甲は、紫色に腫《は》れ上がり、あの男の手のように、血だらけになっていた。

「……ああ、でも、やっと喋ったな。ショックで口がきけなくなったのかと思って、心配した」

「口……きけなかったよ。あいつが電話ボックスばんばん叩いてたときは、怖くて声が出なかった。ジェレミーが来てくれて、『コヨ』って呼んでくれて……今度は安心しすぎて、声、出なかった……」

僕が素直にそう言うと、ジェレミーはいつもの優しい笑顔で、僕の髪をクシャリと撫でてくれた。その仕草に、心臓がドキリと大きく脈打つ。

(……なんだ?)

せっかく落ち着いてきたはずなのに、どうしてこんなタイミングで、僕はまたドキドキし始めたのだろう。

僕が内心狼狽えていることなど知りもせず、ジェレミーは、「傷の手当て、しなきゃな」と、台所へ行った。

「俺も、心底慌てたよ、あんたから電話があったとき。何があったのか、さっぱりわからないんだもんな」

そう言って苦笑いしながら、ジェレミーは僕の隣に腰を下ろし、僕の手を取った。湯で濡らした温かいタオルで、血と埃まみれの手を、そっと拭《ぬぐ》ってくれる。至近距離で伏せられた灰青色の目に、なぜか胸の鼓動が加速した。

（……ちょっと待て！　そんな馬鹿な……）

いくら恋愛経験が乏しい僕でも、その「ドキドキ」感には身に覚えがあった。

そう、憧《あこが》れの女の子とすれ違って、ふわりと髪の匂いがしたときの感じ。あるいは、思いきって、彼女に初めてキスしようとするときの感じ。

（……って……いや、だからさ、目の前にいるのは……）

確認するまでもなく、目の前にいるのはジェレミーだ。僕より背が高い、骨のごつい男。

そう、男……なのだ。

（何がどうなって、こんなに心臓バクバクいってるんだよ……）

僕が途方に暮れているうちに、ジェレミーは僕の手を、異様なくらい丁寧に拭いてくれた。

そして、ふと可笑しそうにこう言った。

「痛そうだから、つい手加減して拭いちまうけど……なんだか、壁画の修復をするときに似てるな」

「そ……そうなの？」

「ああ。壁画の上に塗られた漆喰を、こんな感じでそうっと拭きながら、少しずつ剝がしていくんだ。それとほとんど同じ作業だよ。ちょっとずつ、ベタベタにこびりついた血糊を拭き取っていくんだからな」

実際、口と声は笑っていても、ジェレミーの目は真剣そのものだった。

もちろん、彼はアズダでの仕事も真面目にやっているはずだ。だが、今の彼は、アズダでは決して見ることのできない、引き締まった面持ちをしていた。それに気づいた途端に、心拍数はさらに跳ね上がる。悪循環だ。

僕はたまらず、背もたれに深くもたれかかった。脈拍も血圧も最高値なせいで、軽い頭痛と眩暈《めまい》を覚える。

「どうした？」

ジェレミーは訝《いぶか》しげに訊ねてきた。僕は、無言で首を横に振った。

「くたびれたのか。無理もないよな。あんな目に遭っちゃ。あいつ、ヤク中だろ？　知り合い……じゃないよな？」

「違う。……ッ」

傷ついた箇所をタオルが撫で、僕は思わず小さな声をあげてしまった。

「悪い。だけど、綺麗にしとかないとな。消毒薬は？　何か冷やすものはある？」

「どっちも……まだ買ってない」

「そりゃそうだよな。こんなことになるなんて、予想しないもんなあ」

ジェレミーは、心配そうに僕の手を見ていたが、何かを思いついたらしく、立ち上がって台所へ行った。冷凍庫を開けた彼は、何かを手に、僕のもとへ戻ってくる。

「いいものがあった」

そう言って、彼は僕の目の前に、冷凍コーンの袋をぶら下げてみせた。

「これで冷やそう。そうすれば、あんたの手も少しはましになるだろうし、明日の朝は、コーン入りのオムレツが食えるよ」

「そんなもので冷やすの？」

僕が面食らっていると、ジェレミーはさっさとカチコチに凍ったコーンを小さなビニール袋に小分けし、そして一袋ずつ僕の手の甲に当てて、ハンカチで縛り、即席の湿布を施してくれた。

「なんか、変なの」

「でも、気持ちいいだろ？　何もしないよりはいいはずだ」

手当を終えたジェレミーは、しばらく黙って僕と並んでソファーに座っていた。

僕はその間、ずっと動転したままで硬直していた。それを、さっきのアクシデントでまだ怯《おび》えていると判断したのか、彼はボソリと言った。

「泊まってく」

「……え？」

「もう、四時近い。これからここにタクシー呼ぶのもなんだろ？　ゆっくり寝て、ここから出勤するよ。……あんたのことも、心配だし」

「ぼ……僕は……」

「隠さなくてもいい。あんなことがありゃ、誰だって怖いさ。顔色がよくない」

「そ……それ……は」

さっきのことも怖いが、どうやら今、君の一挙手一投足にドギマギしているらしい自分がもっと怖いのだ……とはとても言えない。

僕が混乱し、ひたすら途方に暮れているうちに、ジェレミーはよし、と勝手に宿泊（と言っても、もうほとんど朝なのだが）を決め、さすがに疲れたように腕を回しつつ言った。

「じゃ、寝るか。……久しぶりに大運動会だったな、今夜は」

*　　*

「ええっ。ここで二人寝るつもり？」

僕は驚いて、目の前のダブルベッドを指さした。

シャワーを使い、Tシャツとジャージに着替えたジェレミーは、眠そうに欠伸《あくび》をしながら頷く。

「うん。あんたも俺もまあ細いし、寝られないこたあないだろ。ソファーじゃ、かえって疲れちまう」

「そりゃ……そうだけど」

戸惑う僕を後目《しりめ》に、ジェレミーはさっさとベッドに上がり、足元から見て右側、つまり扉に近いほうに、ゴロリと横になった。

僕の服を貸したので、Tシャツはちょっときつそうだし、ジャージの裾《すそ》からは、細い足首と大きな足が飛び出している。まるでルパン三世のようだ、などと馬鹿げたことを考えながら、仕方なく、僕はベッドの左側に腰を下ろした。

キングサイズのダブルベッドだから、ジェレミーの言うとおり、広さは男二人でも十分だ。スプリングのほうはやや苦しげに軋《きし》んだが、まあ、たいしたことはないだろう。

「ほら、来いよ」

僕が本気で拒否する気がないのを見てとったのだろう。ジェレミーは、改めて素早く毛布の下に潜り込んだ。ポンポンと枕を叩いて形を直し、笑いながら僕を呼ぶ。

仕方なく、僕は毛布をめくり上げ、彼の隣に微妙な距離を取って横たわった。枕を並べて横になり、二人して天井を眺める。

灯りを消そうと思ったが、それすら物憂く、しかし僕は少しも眠くなかった。先刻の一件で思いきり放出されたアドレナリンが、まだ元気いっぱい身体をめぐっている感じだ。

それに、バスタブにつかって温めたのがよくなかったのか、身体じゅうの打ち身が、ズクズクと熱を持って疼《うず》いている。

それでも、生きているだけよかった、と言うべきなのだろう。ジェレミーの到着があと少し遅かったら……そう思うと、今さらながら、新たな恐怖感がこみ上げてきた。

毛布の下で小さく身を震わせたのを感じたのか、ジェレミーは心配そうに訊ねてきた。

「コヨ？　どうした？」

僕はなんだかまた軽い眩暈を感じつつ、かぶりを振った。

明日……いや、もう今日は土曜日。僕は休日だが、彼はアズダで仕事なのだ。これ以上、迷惑も心配もかけてはいけない。だから僕は、わざと事件以外のことを口にした。

「変な感じだなあって」

ジェレミーは、不思議そうに、鼻っ柱にしわを寄せる。

「何が？」

「隣に誰か寝てるなんてさ、何年ぶりだろう」

「ああ？」

しばらくじっと僕の顔を見ていたジェレミーは、次の瞬間、真剣な面持ちで訊いていた。

「ってことは、あんたってもしかして……ヴァージン？」

あまりにも予想外の言葉に、僕は思わず鸚鵡《おうむ》返ししてしまった。

「ば……バージン!?」

それを、僕がその単語を知らないのだと思ったんだろう。ジェレミーは、鼻の頭を掻きながら、やや具合悪そうに口ごもった。

「そのつまり、誰とも寝たことないわけ？」

「え……え、えええッ！」

（ど、どうしてそういう話になるんだよッ）

質問の意味を完全に理解した途端、僕は顔にカッと血が上るのを感じた。口をパクパクさせるばかりで言葉を見つけられない僕の様子を勘違いしたのだろう、彼は申し訳なさそうに、幾分早口に言った。

「あ、いやゴメン。そんなことは、人それぞれだよな。俺はべつに、どうだって……」

「ま……待って」

僕は慌ててジェレミーの口を手で塞《ふさ》いだ。これ以上、誤解を深められては困る。僕のプライドに懸けて、とても困る。僕はなんとか頭を総動員して、英語で説明を試みた。

「違う。……ええと、僕が言いたかったのは、なんでもなくて一緒に寝るっていうか……ええと、その女の子とは、何回か……」

「………」

ポカンとして僕のいつも以上に悲惨な英語を聞いていたジェレミーは、拍子抜けしたような顔つきで、なーんだ、と言った。

「安心した。ニッポンの男は、結婚するまで女と寝ないとか、そういう話かと思った」

「まさか。そういう人もいるんだろうけど、ほとんどは違うよ。遊びで寝る人もいる」

「あんたはどっちだ？」

「え？　ぼ、僕は……ええと、その中間くらい……？」

「なんだそりゃ」

僕の間抜けな答えに、ジェレミーはプッと吹き出した。

「じゃあアれか。今の『隣に誰か寝てる』ってのは、ガキの頃のサマーキャンプみたいって意味か？」

「ああそう、そんな感じ」

僕も、誤解が解けてホッと胸を撫で下ろした。実際「女の子と寝たことがある」というのは……その、そう数多いことではないとはいえ、嘘じゃない。もっとも、いつだって相手のほうから押し倒してきたなんてことは、口が裂けても言えないが。

「なるほど。そういや、あんたとこういう話をするの、初めてだな。男どうしの話ってやつ」

そう言って、ジェレミーは笑った。

「ニッポンに、恋人はいるのか？」

僕も、なんだか修学旅行のとき、クラスメートと消灯時間を過ぎてから布団の中で内緒話をしたときのようなワクワクした気持ちになって、ジェレミーのほうへ身体を向けた。

「彼女が……いたよ。ここに来る少し前までは。もう別れたけど」

「ていうと、捨てたのか？　それとも、捨てられた？」

「捨てられた。っていうか、僕のいちばん仲良かった友達と、二股《ふたまた》かけられてたんだ。しかも、向こうが本命。僕はあいつに近づくための、踏み台だったたってわけ」

誰にも言えなかったそんな情けない失恋話も、なぜか彼には、素直に打ち明けることができた。ジェレミーは、眉をひそめて言った。

「……そりゃひどいな」

「ひどいよ。おかげで、彼女も親友も、どっちもなくしちゃった。……だけどそれって結局、僕に人を見る目がなかったってことなんだよね」

「……あんたさ」

ジェレミーは腕を伸ばし、僕の髪を大きな手でクシャクシャと撫でた。

「そうやって、責任を全部自分に持ってくるのは悪い癖だ。ろくでもない女に引っかかった、そう思っとけ」

「……そうかもね」

「そうだよ」

彼はまるで、自分が同じ目に遭ったように憤慨した口調でそう言った。そのせいで、僕はなんだか他人事《ひとごと》のように、自分の災難を笑い飛ばすことができた。

「そういえばさ、ジェレミーには、恋人いないの？」

自分ばかり質問されるのは不公平なので、僕はそう訊いてみた。すると彼は、こともなげにこう言った。

「恋人ね。何人かいたけど、俺、女とは寝ないことにしてるから、続かないんだ」

「……え？　どうして？」

予想外の答えに、僕は思わずぶしつけな質問をしてしまった。しかしジェレミーは、気を悪くした様子もなく即答した。

「子供、ほしくないから」

「……ええっ？」

ジェレミーは、両手を頭の下に敷いて、ゴロリと上を向いた。

「人間さ、いちばんつらいことは、血を分けた肉親が死ぬことだと思わないか？」

「う……うん」

僕は、よくわからないままに頷く。確かに、あんな別れ方をしたけれど、今父が死んだら、きっと悲しいと思いながら。

「俺はさ、両親も兄弟もいないから、今んとこ、肉親が死ぬ可能性は、もうゼロなわけよ」

ジェレミーは、寝たままサイドテーブルから煙草を取り上げ、一本くわえた。器用に、マッチで火をつける。

寝煙草はやめろと言いたかったが、なぜか言えず、僕は黙って話の続きを待った。

ジェレミーは、何度か煙を吸い込んだあとで、やけに淡々とした口調でこう言った。

「だから、あと肉親ができる可能性があるっていや、俺の子供ってことだろ？　自分の子供が死ぬのって、親兄弟が死ぬよりつらそうだから、そんなのは絶対嫌なんだ」

「……それが、女の子と、その、しない理由？」

僕が訊ねると、彼は飲みかけのダイエットコークの缶に煙草の灰を落としながら、頷いた。

「ああ。だから、子供を作っちまうかもしれないようなことは、しないって決めてる。それが、女と寝ない理由なんだけど、今までの彼女は、理解してくれなくてさ。それで、長続きしなかった」

「そりゃ……そうだよ……」

「そっか？　だって、寝ちまったら、コンドーム使おうが何しようが、間違ってできちまう可能性があるだろ？　そうなったら、堕ろすってのはやっぱり、肉親を殺すことだ」

「……それは……そうだね」

「あんたはわかってくれんのか？」

ジェレミーは、首をこちらにめぐらせて、僕の顔をジッと見た。深い湖のような色の瞳《ひとみ》が、僕の心を見透かすようで、何やら居心地が悪くなる。僕は、こういうときにこそ日本語の曖昧表現を使いたいものだと切実に思いながら、できるだけ穏便な英語表現を探そうとした。

「ん……でも……彼女が誤解する気持ちも……わかるかなって」

「ちぇっ」

ジェレミーは小さく舌打ちして、しかしさほど腹を立てたふうもなく、両手を頭の下に敷いた。

「ま……そういうわけでさ。俺そろそろ眠いんだけど、あんた、眠れそうか？」

そこまで来て初めて、彼が僕をリラックスさせようとそんな話をしていたことに気づく。

ジェレミーのそんなさりげない優しさに、僕は胸が締めつけられるような気がした。

年が上なせいもあるのだろうが、ジェレミーと一緒にいると、いつも守られているという気がする。今夜のようなことがあったせいで、今はなおさらそう感じる。

「大丈夫。眠れる」

「そっか。じゃ、そろそろ寝ようぜ。おやすみ」

「おやすみ」

僕が笑ったのを見届けて、ジェレミーは目を閉じた。僕も、ベッドライトを消し、目をつぶる。

あんなことがあったあとだけに、怖くて眠れないかと思っていた。だが、ジェレミーがいてくれるおかげで、思ったより気持ちが落ち着いている。

(あ……もう、ドキドキしてないや)

気がつけば、さっき手当してもらっているときの、どうしようもない「ときめき」のようなものは、どこかへ行ってしまっていた。

(やっぱり、勘違いだったんだよね、僕の)

きっとあれは、あのジャンキーに襲われた恐怖感から、感情がちょっと壊れていたせいに違いない。

(だって、今の僕は、滅茶苦茶《めちゃくちゃ》安心してるもんな……)

実際隣に誰かの体温を感じ、息づかいを聞いていることが、これほどまでに安らげるものなのだろうか。僕は少し驚きつつ、枕に頰を埋めた。

いつの間にか、血が沸くようなアドレナリンの効果は、ずいぶん薄らいでいた。これも、ジェレミーのおかげだろう。それに代わり、穏やかに訪れた睡魔に、僕は素直に身を任せた……。


何か息苦しくて、ふと目が覚めた。

外は明るくなりかけていて、カーテンから細い光が漏れている。目に映るのは、すっかり見慣れた寝室の光景だ。だが、眠い目を擦ろうとした手が、動かせなかった。

「…………ん？　金縛り？」

背中がやけに暑苦しい。僕は、まだ半分眠ったままで、寝返りを打とう……として、それもできないことに気づいた。

「あれ……？」

そして。そこで初めて視線を下のほうに滑らせた僕は、次の瞬間、叫び声をあげていた。

「うわああっ！　な、何？」

僕の目に映ったのは、背後からしっかりと僕の胸に回されている二本の腕だった。その腕のせいで、僕は自分の腕を少しも動かすことができなかったのだ。

そして……考えたくはないが、僕を抱きしめるその腕の持ち主は……。この長い腕も、骨張った大きな手も、見慣れたものだ。間違いない。

「ジェレミー？　何やってんの」

僕は、またしても心臓が凄まじい勢いで脈を打ち始めるのを感じつつ、掠れた声で呼びかけた。

返事はない。後頭部のてっぺん近くが、フウッと温かかった。きっとジェレミーが、そのあたりに鼻先を埋めているのだろう。

数時間前にも思ったが、痩せているくせに、彼の胸は意外に広い。なんだか、背中じゅうが毛布に包まれたように温かかった。

「やめろって。離せよ」

抱きしめる腕をほどこうと、僕は身を捩《よじ》った。だがジェレミーは僕を解放する気配もなく、かえってよけいに腕の力を強めてくる。

「じ……ジェレミー、離せって……こらっ」

僕は、まるで枕のように僕を抱え込むジェレミーの腕をなんとか外そうと、渾身《こんしん》の力をこめて身体を捻《ひね》った。

すると、さすがに彼の腕の縛《いまし》めが少し緩む。この隙に抜け出そうと寝返りを打った拍子に、今度は向かい合った状態で、再び抱きしめられてしまった。

「うわっ……むぐぐ」

パジャマの胸に顔を押しつけられ、僕は息が詰まって悲鳴をあげた。ジェレミーの両腕が、しっかりと背中を抱いている。大きな骨張った手のひらが、探るように僕の背筋を撫でた。

その指先の動きに、悪寒とは違う何かゾクリとする感覚があった。

まさか……まさかとは思うが、ジェレミーは僕に「何か」するつもりなのだろうか。そう

思うと、背筋が冷たくなった。

(そういえば、さっき、女の人とは寝ない……とか言ってたよね)

確かめる機会がなかったが、もしかして、あれは自分はゲイだという意思表示だったのだろうか。もしかして、これまで僕に親切にしてくれたのは……そういう下心があったからなのだろうか。

(そんなはずないよね。だって、あんなに必死で助けに来てくれたじゃないか。下心だけで、そんなことするはずない……絶対、ない)

そう思っても、心臓は勝手に鼓動を速めていく。一晩に二度も血中アドレナリン値のピークを迎えて、僕は頭がガンガン痛むのを感じた。

(違うよ。これ、何かの間違いに決まってる。うん、きっと何かの……)

きっと、僕を枕か何かと勘違いしているに違いない、そうに決まってる……。と思い込もうとしたとき、温かな息が、前髪をくすぐった。

「……え?」

前髪をかき分けて、温かで柔らかなものが、そっと僕の額に触れた。

ちゅ、と小さな、しかしハッキリした音がして、色事には鈍い僕にも、ジェレミーにキスされたのだとわかる。しかも唇は、まるで恋人か赤ん坊にするように優しく、何度も僕の額に触れた。

もう、ザバザバと音を立てて、顔から血の気が引いた。一時は最高値まで上りつめた脈拍と血圧が、この瞬間に、一気に最低ラインまで落ち込んだのがわかる。

（間違いじゃ……ない、かも）

ことに及ばれる前に、思いきって殴ったほうがいいだろうか。いやしかし、数時間前、僕は彼に命を助けてもらったのだ。そんな恩知らずなことはできない。

（だけど……助けてもらったあとで襲われてちゃ、洒落《しゃれ》にもならないよ。ああ、どうしよう……）

殴るのはまずいから、せめて突き飛ばそうか、大暴れしようか、大声で抵抗しようか。

頭を悩ませているうち、ふと気づくと、ジェレミーの背中を探っていた手が、いつの間にかピタリと動きを止めていた。それどころか、いっこうに「不埒《ふらち》な行い」に及ぶ気配がない。

「……あれ？」

すー……すー……すー……。

やや気持ちを落ち着けて耳を澄ませると、前髪を揺らすジェレミーの呼吸は、いわゆる「臨戦態勢」のそれではなかった。どちらかというと、緩やかで、規則的で……。

（もしかして……）

いや、もしかしなくても、彼は熟睡していた。それに気づいた瞬間、全身から力が抜ける。はああ、と深い溜め息が口から漏れた。

「なんだ……寝てるんだ。……寝ぼけてるんじゃないかあ」

抱きしめられているという事実に変わりはないし、ジェレミーの唇は、やっぱり僕の額に軽く触れたままだ。それでも、とりあえずこれ以上何かされるわけではないとわかっただけで、僕はかなり安心することができた。

それに……。

（なんか……変だ）

今度は、さっきのドキドキとは違って、どこか柔らかな気持ちが、胸を満たし始めていた。

背中を支えるように抱く彼の腕は力強く、押しつけられた頬で感じる彼の体温と鼓動は、僕のまだどこかショックから立ち直れない心を、落ち着かせてくれた。

そして、鼻をくすぐる微《かす》かな煙草の匂いすら、心地よく感じられた。まるで、アロマテラピーのハーブの香りのように。

ジェレミーの……仮にも男の腕の中で、まるで女の子のように守られている自分が、恥ずかしくはあったが……不思議なことに、嫌だとは思わなかった。

いや、きっとこれがほかの男なら、起きていようが寝ていようが、大暴れして逃げ出していたと思う。

でも、ジェレミーは、ほかの誰とも違う……そんな気がした。

好きか嫌いかといえば、とても好きだと思う。

（この国に来て初めてできた友達だし、いつだって僕に優しくしてくれるし、一緒にいて楽しいし……。さっきだって、助けてくれたし）

心の中で、ジェレミーが好きな理由を、指折り数えてみる。

(実は秘密主義でも、いい人だってことに違いはないんだし)

今にして思えば、このとき僕はすでに、ジェレミーに強く惹《ひ》かれていたのだと思う。

だが、僕は心のどこかでわざと、その可能性を考えまいとしていた。考えてしまえば、それまでの自分自身が跡形なく崩れ去ってしまいそうで、彼との今の楽しい生活も、消えてなくなってしまいそうで。

ただ、彼に抱かれているのが驚くほど心地よくて、それを拒否したくない自分がいる。それだけだった。

「……いいや」

僕は、ボソリと呟いた。

「命を助けてもらったんだもんな。一晩くらい、枕の代わりにされたって、かまわない」

自分で自分に言い聞かせ、僕は観念して目を閉じた。やがて、彼の鼓動と僕の鼓動が、同じリズムを刻み始める。時折、吐息のタイミングまでが一緒になる。

それは、今まで体験したことのない、不思議な感覚だった。ぴったりと身体を寄せ合っていると、まるで皮膚がなくなって、お互いの身体が一つに溶けていくようだった。

鼓動も、呼吸も、体温も分かち合い、このままぐずぐずととろけていくような、そんな気持ちよさ。

なんだかいろいろ考えなくてはいけないようなことがある気はしたが、今はこの心地よさを満喫していたかった。僕は、白白明けの光の中、とろりと重い瞼《まぶた》を閉じ、心地よい眠りへと戻っていった……。


「あれ？」

そんな声とともに、ジェレミーが身じろぎする気配で、僕は再び目を覚ました。

カーテンが白っぽく光っている。サイドテーブルの時計を見ると、時刻はもう昼前だった。

眠っているあいだじゅう、互いの体勢はまったく変化しなかったらしく、僕の背中にはまだ、ジェレミーの腕がしっかり回されていた。

異様に気持ちよく眠ってしまったことに戸惑いつつ、僕は寝起きの掠れた声で、とりあえず朝の挨拶をした。

「おはよう」

ジェレミーは、唖然《あぜん》とした様子で挨拶を返してきた。

「おはよう。……って、何してんの、あんた」

あまりの言われように、僕はそこで初めて、縛められた状態の両腕をばたつかせ、抗議した。

「僕は何もしてないっ！　君が勝手に……」

「……ああ」

ジェレミーはようやく事情が飲み込めたらしく、きまり悪そうに僕の身体を離し、肘枕《ひじ》をつくと、恐ろしく乱れた鳥の巣頭をボリボリと掻いた。

「あー……その、悪い」

「ほんとだよ」

僕はムッとした顔をわざと作って、ベッドの上に胡座《あぐら》をかいた。昨夜受けた暴力のせいか、はたまた延々抱きすくめられていたせいか、全身の関節が強張って、曲げるとゴキゴキ音がした。

「いやー……その、参ったな」

ジェレミーは困り果てた顔で、僕を上目遣いに見た。僕は、この機に乗じて訊いてみた。

「彼女……いたって言ってたよね、昨日」

「ああ」

「ほかの人にも、こんなことしてたわけ？　彼女を抱きしめて寝る癖があったとか」

「まさか。こんなこと、初めてだ」

僕の視線に疑惑の色を見てとったのだろう。ジェレミーは、真剣な顔で、片手を自分の胸の左側、いわゆる「心臓の上あたり」に置いて言った。

「本当だよ。何寝ぼけてたんだろうなあ。……ああ、でも」

「でも？」

「あんたを抱きしめてて、きっと俺、気持ちよかったんだろうな。すごくいい夢見た」

そう言った彼の顔があまりに嬉しそうだったので、僕はつい訊ねてしまった。

「いい夢って……どんな？」

「前後のつながりは覚えてないけど……一面の綿帽子の真ん中で、大の字になって寝てんだ。全身がどこまでも沈み込んでいくみたいで、あったかく包まれてて、ものすごくいい気持ちだった」

ジェレミーのまだ眠そうな目が、幸せそうに細められる。僕は急に気恥ずかしくなって、彼から目を逸《そ》らした。

「そ、そんなのぐうぜ……」

「偶然じゃない。……幸せな夢を見たのなんて、もう何年ぶりだろう。あんたのおかげだ」

「……そんなこと……」

そんなことを僕のおかげだと言われても、喜んでいいのか困っていいのか、判断に窮する。絶句してしまった僕に、ジェレミーはちょっと心配そうに問いかけてきた。

「あー……でも、嫌だったか？　男にそういうこと、されたこと……ないよな？」

「ん……まあ」

僕は曖昧に答えた。だがジェレミーは、ムクリと起き上がると、真面目な顔で僕に詫《わ》びた。

「嫌な気持ちにさせたなら、本当に悪かった。あんたを安心させようと思って泊まったのに、かえってこれじゃ……」

「あ、違う、違うよ」

彼があまりに真摯《しんし》な反省の色を見せるので、僕も素直にならざるを得なかった。

彼に抱きしめられているあいだ、ひどく気持ちがよくて、驚くほどぐっすり眠れたのだと。

昨夜の事故のことを思い出しもしないほど安らかな気分になれたのだと、僕は照れながら打ち明けた。

「本当に？」

ジェレミーは驚いた面持ちで僕を見る。僕は、顔が真っ赤になっているのを自覚しつつ、仕方なく頷いた。

「そう……なのか」

ジェレミーは、低く呟くと、それきり口を噤んだ。さっきまでとは打って変わって、気まずい沈黙が寝室を支配する。

（やっぱり……言うんじゃなかった。……だって、なんかホモみたいな台詞だよね、これって。だけど、ジェレミーだって同じこと言ったんだし……）

グルグル考えているあいだにも、ジェレミーのすべてを見透かすような灰青色の穏やかな目は、僕をじっと見つめている。

どうもいたたまれなくて、顔でも洗いに逃げ出そうと思ったそのとき、枕元の煙草に手を伸ばしながら、ジェレミーがボソリと言った。

「あんたさえよければさ……」

「うん？」

ジェレミーはちょっと躊躇い、しかし僕を真っすぐ見て、こう言った。

「一緒に住まないか。あんたが帰国するまで、ここで」

「……え？」

予想もしなかった言葉に、僕は馬鹿みたいに口を開け、ベッドの上で猿みたいに胡座をかいた姿勢で、キョトンとしてしまう。

ギシ、とスプリングを軋ませ、ジェレミーは片手に煙草を持ったまま、僕の真向かいに移動してきた。

「……ジェレミー？」

ジェレミーの穏やかな笑みを浮かべた顔が、ゆっくりと近づいてくる。僕は、何も考えられず、ただ呆然として、視界いっぱいに広がっていく彼の顔を見つめていた。

やがて、ジェレミーの薄い唇がゆっくりと僕の唇に触れ、そして名残《なごり》惜しそうに離れる。

そのときに、彼の舌先が、僕の唇をちろりと舐《な》めた。

「……じぇ……」

名前すらきちんと呼べず、呆気にとられている僕の髪を撫で、彼は僕の耳元でこう囁いた。

「毎晩、あんたを抱いて寝てみたくなった……どう思う？」

2.

「どう、って……。何、が、どう？」

キスされたショックで、僕の心臓はもはやオーバーヒート寸前状態だった。

唖然《あぜん》としてベッドに座り込んだままの僕の顔を覗《のぞ》き込み、ジェレミーは笑った。細めた灰青色の目に、僕の間抜け面が映っている。

「あんたを毎晩、抱いて寝たい。だから一緒に暮らそうって言った。で、どう思う？」

「ど……どうし、て……？」

理由を聞いたから納得するわけではないのだが、訊《き》いてみないわけにはいかない。

だがジェレミーは、あっさりとこう答えた。

「そりゃ、あんたが"cuddly"だから」

「か……『カドリー』って……何？」

次の瞬間、僕は再度、完璧に硬直した。ジェレミーが膝《ひざ》を進めるなり、両腕で僕をしっかり抱きしめたのだ。

僕は驚きすぎて、ただ魂の抜けた人形のように、されるがままになっている。そんな僕の耳元で、ジェレミーは低い声で言った。

「これが"cuddle"。わかったか?」

僕は、ようやくのことで、こくりと小さく頷《うなず》く。ジェレミーは、猫が喉《のど》を鳴らすように笑って、こう続けた。

「こうしてるのが気持ちいいから、あんたは"cuddly"だって言ってる」

「だ……だから、僕を毎晩、こうして寝たいわけ?」

「そう。俺にこうされるのは……嫌か?」

ジェレミーはようやく僕を解放し、僕の顔を見てまた訊《たず》ねてきた。

僕は困ってしまった。

嫌か、と問われれば……信じがたいことではあるが、決して嫌ではない。実際問題、昨夜《ゆうべ》は夢も見ないほどぐっすり眠れた。あんな襲撃事件の後だというのにだ。

(それってやっぱり、ジェレミーが泊まってくれたから。抱いて寝てくれたから)

それに、僕はジェレミーに触れられたり近づかれたりすると、やはりドキドキしてしまうのだ。

(これって、なんなんだろう。僕、そういう意味でジェレミーのこと、好きなんだろうか。でも……ジェレミーは男だし、僕も男だし)

頭の中がグルグルして、いつまで考えても答えが出てこない。そんな状態で「嫌ではない」と答えてしまえば、とてつもなくややこしい誤解を招いてしまいそうだ。仕方なく、僕は勇気を振り絞って、こう切り出してみた。

「あのさ。……昨日ジェレミー言ってたでしょう、女の子とは、その……しない、って」

「ああ、言ったけど？」

ジェレミーは軽く首を傾《かし》げる。僕は、冷や汗をかきながら訊ねた。

「あの……変なこと訊くけど、それって、女の子『とは』しないってこと？」

「何が言いたい？」

「あの……だから、それってジェレミーは、ホモってこと……じゃ、ないよね？　ええと、ホモセクシャル、っていうんだっけ」

ああ、とジェレミーはカラリと笑った。

「別に俺はゲイじゃない。女の子とつきあったことがあるって、昨夜言ったろ？」

その返答に僕はホッと胸を撫《な》で下ろ……そうとして、失敗した。ジェレミーが、実に軽い調子で、こう続けたからだ。

「主義があって女の子とは寝ないってだけで、恋愛の対象として、男だろうが女だろうが、わけへだてはしないよ、俺」

「あ、そうなん………ええええッ!?」

あんぐりと口を開いた僕の顔を、ジェレミーは可笑《おか》しそうに見た。

「ま、さすがに動物と恋に落ちたことはないけどな。人間なら……そうだな、好きになるのに、男だ女だっていちいち考えないな」

僕は、生唾《なまつば》を飲み込んでから、小さな声で言ってみた。

「……ホントに？　ってことは……ええと、女の人でも男の人でも、恋人にできるってこと、だよ、ね？」

「ちゃんとわかってるじゃないか」

「ってことは……男の人とは……その、恋して、それでしたこと、ある……わけ？」

「ああ。なかったら、俺、これまで童貞ってことになっちまうだろ？　あるさ。まあ、役割がどっちかは、相手とシチュエーションによりけりだけどな」

ジェレミーは、爽《さわ》やかと言ってもいいくらい晴れやかな笑顔で答えた。

「や、や、や、役割って……どっちかって……えとえとえと……」

酸欠金魚状態の僕を見て、ジェレミーはちょっと困ったように眉尻《まゆじり》を下げた。

「おい、大丈夫か？　日本では、そういうのはアンモラル？　日本人は、絶対男女でしか寝ないのか？」

「う……うーうー。ううん」

僕は戸惑《とまど》ったまま、首を捻《ひね》る。明るい朝日の中、寝乱れたベッドの上でセックスの話をしている自分が気恥ずかしかった。

「ば……バイセクシャルって、話だけは聞いたことはあるし、きっとそういう人、日本にもたくさんいると思う……んだけど……」

「あんたはそういうの嫌いか？」

「あ、違う。好きとか嫌いとかじゃなくて。……正直に言ってもいい？」

「いいよ。ってか、正直に言えよ。嘘《うそ》つく必要なんかないだろ？」

あくまで穏やかに、しかし追及の手は少しも緩めずに、ジェレミーは僕に先を促す。僕は、仕方なく話を続けた。

「なんか、これまで好きになったのは女の子ばっかりだったしさ。知り合いにも、男どうしのカップルなんていなかったし……」

「うん」

「だから、それがどんな感じかなんて、これまで一度も考えたことなかったんだ」

「ふむ。……それで？」

「今、ジェレミーから、男の人とその、『したことある』って聞いて、すごく吃驚《びっくり》した。うん、今もまだ吃驚してる」

「吃驚しただけか？　気持ち悪いとか、受け入れられないとか、そういう感想は？」

僕は、今度はハッキリとかぶりを振った。

「もしかしたらいろいろ考える余裕がないだけなのかもしれないけど、でも少なくとも今は、気持ち悪いなんて思わない。でも……」

「遠慮せずになんでも言えって。怒ったりしないから」

僕は思いきって、恐ろしいくらい真っすぐな問いを、ジェレミーにぶつけてみた。

「僕を抱いて寝たいとか、一緒に住みたいとか言うのは……僕と、そういうことを『したい』っていう……意味？」

ジェレミーは、少しの迷いもない眼差しで僕を見たまま、恐ろしくあっさりと答えた。

「まあ、したいかしたくないか二択で答えろっていうんなら、したいって言うだろうな」

「……え」

「待て。最後まで聞けよ」

僕が顔色を変えて後ずさろうとするのを、ジェレミーはちょっと慌てたように片手を上げて制止した。そして、早口にこう言った。

「わかってる。あんたにはそんな気、ないんだろ？」

少なくとも今は。なんて洒落《しゃれ》た言葉を英語にするすべがなくて、僕は曖昧《あいまい》に頷いた。

「けど、バイセクシャルの男を、その性癖が気持ち悪いと毛嫌いするつもりもない？」

僕は、今度はハッキリと頷いた。

「そんなことで、誰《だれ》かを嫌いになることはないよ。まだ理解とか共感ができないだけ」

「ふむ」

ジェレミーは、もうすっかりいつものののんびりした調子でこう訊ねてきた。

「でも少なくとも、俺に触られたり、抱きしめられたりするくらいなら、嫌じゃない？」

「……と、思う」

「じゃあ、キスは？」

「…………吃驚して、嫌とかなんとか、考えられなかった。頭真っ白になったよ」

「じゃあ、もう一回試してみるか？」

「ち、ちょっと待って！　何度試したって、そうそう冷静になれるもんじゃないよ。だけど、鳥肌立たなかったし、吐きそうにもならなかったし……その、た、たぶん、死ぬほど嫌だとは思ってないんだと思う。相手が……ジェレミーじゃなかったら、わかんないけど。……そ、それでいい？」

　ジェレミーがぬっと顔を近づけてきたので、僕は慌てて両手を突き出し、「遠慮します」のポーズをした。ジェレミーは目を見張り、それから声をあげて笑った。

「十分だ。だったら、それ以上のことは、あんたが望むまではしない。約束する。それならいいだろ？」

「あ……うん」

　なんだか、あまりに自然に答えを誘導されたので、僕は思わず素直に頷いてしまった。ジェレミーは、よし、と満足げに頷き返した。

「じゃ、これでその件に関しては、問題なしだな。ほかに何か引っかかることは？」

　いや、それって問題なしなのか？　とツッコミを入れる暇もなく、ジェレミーは畳みかけるようにそんなことを言う。僕もついその勢いに飲まれてしまった。

「えっと……そうだ、ジェレミーのフラットはどうするの？」

　ジェレミーは、煙草《たばこ》に手を伸ばしながら、こともなげに言った。

「フラットメイトのジョナサンが、今度結婚するんだ。まあ、俺はどう考えてもお邪魔だろうから、引っ越そうと思ってたところでさ。ここは職場に近い。好都合だよ」

「でも……僕、ここにずっと住むわけじゃないんだけど」

「だからいいんじゃないか」

ジェレミーは、煙草に火をつけ、吸い込んだ煙を吐き出しながら答えた。

「昨夜も言ったろ？　俺は、肉親なんかいらない。もっとぶっちゃけて言や、『家族』なんてほしくない……失うのが嫌だから。あんたはいつか日本に帰る。それも、半年先だか一年先だか、どっちにしてもそう長い間ここにいるわけじゃない。……だろ？」

「う……うん」

「俺がほしいのは、フラットメイトだ。家族じゃない。……それも、どうせなら、気の合う奴と家をシェアしたい」

「フラットメイト……」

「俺はあんたがけっこう好きだよ。それに、あんたはそのうちこの国からいなくなる。だから、いい。その頃には俺も、ほかの町へ行きたくなってるかもしれないしな」

僕は、なんとなく寂しいような、切ないような気持ちで、問いかけてみた。

「それって、最初から終わりが見えてるからいい。そう言ってるんだよね」

「ああ。いくらあんたが気に入っても、じきに帰るとわかってりゃ、深入りすることもないだろ。あんたは、俺には理想的な同居人だ。俺だってひとりはつまらないし、かと言って、今、恋人は持ちたくないんだ」

「……………そう」

なぜか、僕はとても悲しい気持ちでジェレミーの話を聞いていた。

そんな寂しい「理想的」は嫌だと、言うべきだったのかもしれない。寒々しく乾いたジェレミーの言葉は、とても喜んで受け入れられるようなものではなかった。

しかし僕は、それ以上何も言えなかった。

過去の彼に何があったかは知らない。けれど、「家族がいない」というのは、おそらく「死別した」という意味なのだろう。それだけでも、彼がとてもつらい経験をしたのだと想像できる。彼の言いように反感を覚えるよりは、その心が痛かった。

「家族」は拒否したいけれど、ひとりぼっちは寂しいのだろう。恋人を作っても、その人と「将来」を考えることを避けてきたのだろう。……そのせいで、おそらくは何度も、気まずい別れをすることになったのだろう。

僕がそんなことを思っていると、ジェレミーは煙草の灰を枕《まくら》元のダイエットコークの空き缶に落としつつ、ボソリと言った。

「期限のある家族『ごっこ』を俺とやってみないか？　……あんたさえよけりゃ」

彼の瞳《ひとみ》は真剣そのものだった。真剣というよりは、思いつめているようにすら見えた。

「ここで、僕と一緒に暮らしたら……ジェレミーは寂しくなくなる？」

とっさに口からこぼれたのは、自分でも予想もしないような問いかけだった。思えば、このときすでに、僕は心を決めていたのだと思う。

ジェレミーは、僕の手を取り、昨日彼が巻いてくれたハンカチをほどきながら頷いた。

「もうずっとひとりで暮らすんだと思ってた。だけど、近い将来帰っちまうあんたとなら、それなりに楽しく暮らした後、お互い傷つかない別れができるだろ？　……だから」

「だから」の先は、訊かなくてもわかった。少し腫《は》れが引いてよかった、と呟《つぶや》いて僕の手の甲を撫でるジェレミーの指先から、彼の気持ちが伝わってくるように思えた。

ジェレミーは、僕をひとりぼっちの寂しさから救ってくれた人だ。誰もわかってくれなかった僕の気持ちを、理解してくれた人だ。

だから……。もし彼が僕と一緒に暮らしたいと望んでいるなら、僕を抱いて眠ることで少しでも安らかな気持ちになれるなら、それを受け入れるべきだと思った。

微笑を湛《たた》え、しかしどこか不安げな表情で僕の答えを待つジェレミーに、僕はごく自然にこう言っていた。

「いつ……越してくる？」

一瞬目を丸くしたジェレミーは、次の瞬間、大きな口を引き伸ばすように笑った。そして、再び僕をギュッと抱きしめて言った。

「すぐに帰って、荷物まとめてくる。……今夜から、仕事が上がったらまっすぐここに帰ってくるさ」

一呼吸おいて、耳元に囁《ささや》かれた「ありがとう」の一言に、僕は心の中で、祈りに近い思いで呟いていた。

(間違いじゃないよね。……きっと、これでいいんだよね……)

いったん自宅に戻ったジェレミーは、本当にその日の午後、登山用の巨大なリュックに大量の荷物を詰めて、僕のフラットにやってきた。そして、すぐにアズダへ出勤していった。

その日は、土曜日で学校が休みだったのを幸いに、僕はずっと家で過ごした。本当は荷造りを手伝いに行くと申し出たのだが、ジェレミーは僕の怪我《けが》を心配して、それをやんわり、しかし頑固に却下したのだ。

僕は夕方まで寝て過ごしたあと、冷蔵庫にあるもので、料理のテキストを見ながら簡単な食事を作った。

今日のメニューは、チキンカレーとサラダ。ご飯は、最近ようやく失敗せずに、鍋《なべ》で炊けるようになった。サラダは、トマトとキュウリとレタスミックスを合わせて、ドレッシングをかけるだけだ。

料理を作り終えた僕は、居間のソファーに座って、ジェレミーの帰りを待った。

思えば、この国に来てから、誰かの帰りを待つのは初めてだ。不思議な気がした。

(しかも、ご飯作って待ってるって、なんだか「奥さん」って感じ。それに、今日から一緒に暮らすんだし……やっぱり、昨日みたく、ジェレミー、僕を抱きしめて寝るのかなあ。それこそ、「新婚さん」って感じ……)

そんな余計なことを考えたせいで、胸の鼓動が少し速くなった。

「あのときは……バイセクシャルが理解できないって言ったけど……。じゃあ、昨日からの、このドキドキってなんだろう」

じっとしているのに、脈はなかなか落ち着いてくれない。

「僕は、ジェレミーが『そういう意味』で好きなのかなあ?」

語尾を上げてみたところで、答える者は誰もいない。僕は、少しでもこの動悸《どうき》が鎮まるようにと、目をつぶってみた。

閉じた瞼《まぶた》の裏側に浮かぶのは、初めて会ったときのジェレミーの笑顔だった。目尻にできる笑いじわと、大きな骨張った手。

あの手から受け取って頬張《ほおば》ったサラダが、僕は今でも大好きだ。それはきっと、ジェレミーが話しかけてくれて嬉《うれ》しかった気持ちや、ホッとした気持ちが、食べるたびに甦《よみがえ》るからだと思う。

彼が僕のことを友達だと言ってくれたときも、嬉しかった。昨日、助けてくれたときは、もっともっと嬉しかった。

抱きしめてくれた胸、頭を撫でてくれた手、そして何度も僕の名前を呼んでくれた声は、僕がこの国で唯一、信じられるもの、すがれるものだった。

(だからっていって、それは僕がジェレミーに恋してるってことには……ならないよね)

だが、恋していない相手にあんなにドギマギするものだろうか。僕はもしかして、自分の心をわざと正しく読みとらないようにしているのではないだろうか。

「あー……なんだかわかんなくなってきた」

途方にくれて呟いたとき、ブザーが鳴った。僕は、インターホンを耳に当てる。

「ハロー?」

「ああ、俺。ジェレミー」

「あ、今開けるね」

リモートコントロールでフラット入り口の扉を解錠すると、しばらくして、部屋の玄関の扉がノックされる。

扉を開くと、いつも遊びに来るときと同じ笑顔のジェレミーが立っていた。だが、その口から出る言葉が、今夜は違っている。

「I'm home.」

ただいま、と言って、ジェレミーはちょっと照れくさそうに笑った。なぜか僕もつられて照れてしまい、もぐもぐと口の中で「おかえり」と挨拶《あいさつ》を返した。

リビングに入ってきたジェレミーは、クンクンと犬のように鼻をうごめかせた。

「いい匂《にお》いがするな。飯、作ったのか?」

「うん。チキンカレーとサラダ。引っ越しのお祝いにしてはお粗末だけど」

「何言ってんだ。誰かが作ってくれた飯食うなんて久しぶりだから、嬉しいよ。腹減った。すぐ食える?」

僕らは、台所の細いテーブルで、向かい合って夕飯を食べた。

ジェレミーは旨《うま》いを連発しながら、チキンカレーを二杯も平らげてくれた。

食事が終わると、彼は「引っ越し祝い」と言って、ビニール袋から苺《いちご》のタルトを出してきた。アズダで仕入れてきたのだろう。

苺のタルトは少しカスタードが甘すぎたが、濃いミルクティーとよく合った。デザートをゆっくり楽しみながら、僕たちはこれからのことをあれこれと話し合った。

他人との共同生活に慣れているジェレミーは、同居条件を箇条書きして説明してくれた。家賃と、食費と、水道費と、光熱費は折半。そのほか、洗剤などの共用消耗品は、生活費としてお互いに出し合ったお金で補充する。

「電話代は……。ああ、こりゃ便利だ」

ジェレミーは、部屋の電話を見て、面白そうに笑った。僕のフラットは、一週間からの短期貸しもやっているので、リビングにある電話は、なんと公衆電話なのだ。

「自分ちなのに、小銭がなくて電話かけられなかったりするんだよ。不便だってば」

僕が顔を顰《しか》めて厄介な電話を見遣《みや》ると、ジェレミーは屈託なく言った。

「そうでもないさ。電話代を折半にすると、何かとトラブルの元なんだ」

「ああ、なるほど……。そっか。こういうことを、最初にきちんと決めとくんだね」

「そう。金が原因で仲違《なかたが》いするのは、いちばん馬鹿馬鹿しいからな」

ジェレミーは、煙草に火をつけながら言った。僕は、灰皿をジェレミーの前に置いてやった。「Ta.」と短く言って、彼は缶の中に灰を落とした。「ありがとう」を意味するスラングだ。

「そういえば、ジェレミー。お金のことはわかったけど、家事分担とかは？」

僕がふと気づいて訊ねると、ジェレミーはこともなげに言った。

「ああ、それは心配すんな」

「え？」

「とりあえず、洗濯とアイロンがけは俺好きだから、あんたの分もやってやる。あとは……掃除とか片づけとかは、気が向いたほうか、耐えかねたほうがやればいい」

「……そ、それでいいの？」

拍子抜けした僕に、ジェレミーは呑気《のんき》に煙草をふかしながら頷いた。

「あんまり最初から肩に力入れすぎると、疲れちまうぜ。気楽に行こうや。な？」

「う、うん」

僕は慌てて頷く。そんな僕の頭をテーブル越しにクシャクシャと撫で、ジェレミーはいつもの人懐っこい笑顔で言った。

「ま、短いつきあいになるだろうけど、よろしくな、相棒」

その言葉に素直に「うん」と言えないわだかまりを抱えつつ、僕は中途半端な笑みを返した……。

その夜……僕が風呂《ふろ》を使った後、テーブルで宿題をしていると、ソファーでテレビを見ていたジェレミーが立ち上がった。こちらへやってきて、僕の頭にポンと手を置く。

「まだ頑張んのか？」

「え……今、何時……」

「一時近いぞ。俺はそろそろ寝るけど？」

僕はそれを聞いて驚いた。よほど熱中していたらしい。急に眠くなってきて、僕は伸びをしながら大欠伸《あくび》をした。

「あんたも眠そうだな。もう寝るか？」

「うん……」

ジェレミーのあとについてバスルームに行き、並んで歯を磨く。鏡に映ったお互いが、左右対称に同じスピードで歯ブラシを動かしているのが可笑しかった。ジェレミーは、僕が笑うのを見て、怪訝《けげん》そうに目を眇《すが》めた。

「なんだよ？」

「だって、イギリス人も日本人も、同じ方法で歯を磨くんだって思うと面白くない？」

「……そういやそうだな」

ジェレミーも、口の中の歯ブラシのせいでやや不明瞭《ふめいりよう》にそう言って、笑った。

歯磨きを済ませると、ジェレミーは頭をボリボリ掻《か》きながら、寝室へ行く。僕はなんだか妙に緊張しつつ、そのあとについていった。

ジェレミーは、さっそく服を片づけた洋服ダンスを開け、Tシャツとジャージを引っ張り出した。服を無造作に脱ぎ始める。

「じ……ジェレミー、お風呂は？」

「ん？　ああ、俺いつも朝にシャワー」

僕の痩《や》せっぽちの身体《からだ》と比べて、ジェレミーのそれは、骨格からして違っていた。がっしりした太い骨に、無駄なく綺麗《きれい》に筋肉のついた身体。服を着たら痩せて見えるけれど、張りのある胸筋の美しさは、同性の僕が見ても、惚《ほ》れぼれするくらいだった。

（……馬鹿。何見とれてんだよっ）

ハッと我に返った僕は、彼から目を逸《そ》らしてゴソゴソベッドに入った。

ほどなく着替えたジェレミーが、灯りを消し、僕の隣に潜り込んでくる。

僕は思わず彼に背を向け、息を殺した。身体がガチガチに固くなっているのが、自分でもわかる。

（何やってんだよ。……昨日みたく、テディベア代わりに抱きしめられて寝るだけだろ）

我ながら奇妙だったが、僕は急に……そう、怯《おび》えていたのだ。

「……コヨ」

呼びかけられて、仕方なく僕は、寝返りを打ち、身体ごとジェレミーのほうを向いた。

ベッドライトの灯りに照らされたジェレミーの顔は、いつもの屈託ない笑みを浮かべている。それを見るなり、心臓が跳ねた。

ジェレミーは、肘《ひじ》枕をつき、片手で僕の強張《こわば》った頬に触れる。それだけのことで、反射的に小さく身震いしてしまった僕に、ジェレミーは少し訝《いぶか》しげな顔をした。

「どうした?」

僕は、黙ってかぶりを振ることしかできなかった。だが、ジェレミーは、それですべてを察したという様子で、あっさり手を離す。

「やっぱり、嫌なんだろ。無理すんな」

「違う。そうじゃなくて……」

「何が違うもんか。俺はあんたに、そんな怯えた顔をさせたいわけじゃないんだぜ。同じベッドで寝るのも嫌なら、俺はソファーに行くよ。心配せずに、あんたはここで……」

そう言って、ジェレミーは身を起こそうとした。僕はそれより早く飛び起き、ジェレミーに覆い被《かぶ》さるようにして制止した。

「待って!」

「……コヨ?」

目をぱちくりさせ、仰向けになって僕を見上げるジェレミーの顔を見ながら、僕はおそらく、熟した柿より赤い顔をしていたと思う。しかし、そんなことを気にする余裕もなく、僕は必死で声を張りあげた。

「違うんだ。……君のこと気持ち悪いとか嫌だとか、そうじゃないんだ。ただ……ちょっと怖いのかもしれない」

「怖い? 俺が? ……俺が、あんたを無理やりレイプするとでも?」

「そこまで考えてるわけじゃないよ。でも」

「やっぱり怖い？　俺が信用できな……」

「そうじゃない！　……じゃなくて」

「じゃあ、どういう意味だ？」

「だから……。ほら、水に入ったことがない人は、泳ぐのが怖いだろ。……それと同じなんだ。えっと、だから」

「バイセクシャルの人間に初めて会ったから、そいつが理解できなくて、怖い？」

「うん。……ごめん」

僕は心からジェレミーに詫《わ》びた。彼は、少し困ったように笑い、僕の手を自分の胸からどけようとする。今度は、触れられても、僕は震えなかった。ジェレミーが誠実に僕に接してくれていることがわかったから。

「いいさ。無理もない。……だったら、やっぱり俺は……」

「待ってってば！」

だから僕は、再度起き上がろうとした彼を、再び押さえつけた。ジェレミーが、眉をハの字にして苦笑いする。

「おい。いったい俺にどうしろってんだ」

「……ここにいて、ほしい……んだ」

「だって、怖いんだろ？」

笑いを含んだ低い声が、僕をからかう。だが、僕を見上げる灰青色の目は、眠そうであっても笑ってはいなかった。

僕は、言葉を探しながら、拙《つたな》い英語で一生懸命思いを伝えようとした。

「怖いよ。でもさ、わかりたい。僕、ジェレミーが好きだから、ジェレミーのことわかりたい。だから……教えてほしい」

「……何を？」

「全部。僕が怖がっても、それは嫌がってるわけじゃなくて。……えっと。どう言えばいいのかな。その人のことをたくさん知ることで、その人を信じる気持ちが強くなる、っていうのかな……」

やっとの思いで吐き出したその言葉を聞いて、ジェレミーはようやくひそめた眉を和らげた。そして、僕の手の下で、まだ起き上がろうとしていた上半身から力を抜いた。

「つまり、俺はあんたを昨夜みたいに抱いて眠ってもいいってことか？　あんたもそれを望んでるって？」

僕は、ハッキリと頷いた。ジェレミーを理解するために、そして僕自身の気持ちを知るために、そうするべきだと思ったのだ。

「……だったら、寝ようや。来いよ」

ジェレミーは、片手で僕のうなじを優しく引き寄せた。僕も、今度は素直に、彼の傍らに横たわる。柔らかく背中を抱かれ、僕の頭は、彼の胸と肩の間あたりに落ち着く格好になる。

そして僕の胸は、彼の脇腹《わきばら》に、僕の足は彼の足に、軽く触れていた。

「大丈夫か？」

仰向けに寝転んだジェレミーが、心配そうに問いかけてくる。僕は、小さな息を吐き、答えた。

「うん。……大丈夫」

大丈夫どころか、昨夜と同じくらい、僕は彼の体温と大きな手の感触に、安堵《あんど》していた。嫌悪感はなく、ただ、守られているという感覚だけが、全身を包んでいる。

「おやすみ、コヨ」

ちゅっという小さな音から少し遅れて、僕の額にジェレミーの指先がちょんと触れる。

「？」

それが、ジェレミーが自分の指先にキスしてから僕の額に当てたのだと気づいた途端、僕はプッと吹き出してしまった。

「……何が可笑しいんだよ」

「だって、切手を貼《は》られたみたいだから」

その答えがお気に召したらしい。ジェレミーも、声をあげて笑った。頬に触れる胸筋が、細かく振動してむず痒《がゆ》い。

「なるほど。キスの切手を貼って、夢の世界へ投函《とうかん》するわけだ。悪くないだろ？」

「いい夢へ送ってくれるならね」

「そりゃ夢の世界の郵便局にお任せだな。おやすみ、ココ。いい夢に配達されろよ」

ジェレミーの笑いを含んだ声が消えると同時に、ベッドライトも消される。

疲れているのか、それとも寝つきがいいのか、ジェレミーはものの三分も経《た》たないうちに、寝息を立て始めた。

規則的な鼓動が、ジェレミーの胸から聞こえる。寝息と心臓が別々のリズムを刻むのを聞きながら、僕もいつしか安らかな眠りに落ちていた……。

＊　＊

僕とジェレミーが一緒に暮らし始めて、一ヶ月あまりが過ぎた。

徐々に日が長くなり、今では、夜の八時を過ぎても、あたりはまだ明るい。

日本よりはずっと涼しいブライトンだが、七月にもなれば、日中はけっこう暑い。ただ夜になれば海風が涼しく、フラットに冷房がなくても、さして不自由は感じなかった。

そして僕らは、少しずつ同居生活に慣れつつあった。

僕は、月曜日から金曜日まで、毎朝英語学校へ行く。帰宅するのはだいたい午後五時から六時の間だ。週末は学校が休みなので、宿題や予習をしたり、のんびりテレビを見たり、とにかく自由に過ごす。

かたやジェレミーは、僕よりずっと忙しく暮らしていた。朝は僕よりほんの少し遅くベッドから出て、シャワーを浴びる。朝食を済ませ、僕と一緒に家を出て、大学へと行く。夕方には、大学からアルバイト先のアズダへ直行し、帰宅するのは、たいてい午後九時過ぎだ。彼の休日は不定期なので、休みの日が僕と合うときも合わないときもある。一日じゅう一緒にいることは少なかったが、それでも僕らは、時間が合えば出かけたり、家でくつろいだりした。

そして、いつしか家事分担も、ジェレミーが言ったとおり「適当」に上手《うま》くいくようになっていた。

ジェレミーは本当に「洗濯とアイロンがけ」が好きらしく、三日に一度、洗濯機を回し、ふわふわに乾かした二人分の服を、きちんと畳んでベッドの上に置いた。

アイロンがけも、週に一度はやる。やおらリビングにアイロン台を据え、音楽に合わせて奇妙な振りつけで踊りながら、楽しげにアイロンをかけ始めるのだ。

数回、僕がやろうかと申し出てみたが、そのたびに、

「俺の趣味なんだ。邪魔すんなよ」

と笑顔で却下され、すごすご引き下がるはめになった。彼がアイロンを愛しているのは確かで、一度などは、

「もうアイロンかけるものがないな……」

と物足りなそうに呟き、いきなりシュンシュンと熱いアイロンで食パンをプレスし、トーストを作り始めたものだ。ちゃんと焦げ目のついた薄いトーストに、僕らはバターを塗って

食べた。夕飯のあとだったのに、やけに美味《おい》しかったのを今も覚えている。

一方、僕の仕事は、食事作りだった。毎朝、ジェレミーがシャワーを浴びているあいだに、朝食の支度をする。といっても、トーストと紅茶、あるいはシリアルを用意するだけだ。一般庶民には、「イングリッシュ・ブレックファースト」を楽しむ余裕など、時間的にも経済的にもない。

夕飯も、たいてい僕が作った。学校の帰りにアズダに立ち寄り、材料を買い込む。ジェレミーがレジに座っているときには、僕はいつも彼のレジに並んだ。制服姿の彼と自宅以外の場所で顔を合わせ、挨拶をするのが、ちょっとした楽しみなのだ。

時々は本を見ながら、典型的な日本の家庭料理も作ってみる。ジェレミーは、ハンバーグとかぼちゃの煮っころがしが気に入った。

そのほかの家事……たとえば、掃除や風呂洗いに関しては、なんとなく二人で交代にやり、家の中はそれなりにきちんと片づいた状態だった。

そして……夜になると、僕らはたいてい一緒に床についた。

寝煙草は駄目だと念を押したので、ジェレミーは寝室に煙草を持ち込むことはなくなった。その代わりに、彼はいつもチョコレートの大箱を、サイドテーブルに置いていた。

毎晩、ベッドに入るなり嬉しそうに箱を開け、一つ摘《つま》んでは口に放り込む。僕が呆《あき》れたように見ていると、彼はちょっときまり悪そうに言い訳した。

「俺さ、甘党なんだよ。あんたも食うか?」

いじゃないか」

「遠慮しとく。虫歯になったら困るもん。甘党はいいけど、何も寝る前に食べなくたってい

　僕の口調に非難めいたものを感じたのか、ジェレミーはきまり悪そうに白っぽい金色の髪を掻いて、こんなことを言った。

「ガキの頃見たテレビドラマで、金持ちのお嬢さんが、ベッドに寝転がってチョコレートをもりもり食うんだよな。それが羨《うらや》ましくて……」

　あの頃は、チョコレートを買うだけの小遣いもなかったのさ、と言って、ジェレミーは僕の顔にフウッと息を吹きかけた。毎晩のお遊びだ。

「さて、今日のフィリングは？」

「……グレープ？」

「残念。ラズベリーでした。毎日やってても、なかなか当たんないな、コヨ」

　確かに、これまで当たったのはたった一度、苺のときだけだ。僕は少し悔しくなって、頬を膨らませて言った。

「当たらなくてもいいよ、そんなの。で、羨ましくて何さ？」

「大きくなったらうんと金持ちになって、寝る前にチョコレート食ってやるってずっと思ってた。ま、金持ちにはならなかったけど、チョコレートくらいは好きに買えるだろ」

「でも、もりもり食べてはいないよね」

「一度山ほど食ったら、あっという間に、顔がニキビだらけになってさ。仕方がないから、

毎日一つずつって決めたんだ」

「……なるほど」

「今日も旨かった」

満足げに言って、ジェレミーはチョコレート箱の蓋《ふた》をキッチリ閉め、僕を引き寄せた。

約束どおり、ジェレミーは僕を抱きしめて寝るだけで、それ以上のことはしない。「時々」と言っていたキスも、ほとんどのときは毎晩指先でするだけで、唇で直接僕にキスするのは、アルコールが入って少しご機嫌な夜くらいのものだった。

いつしか僕は、ジェレミーのTシャツに鼻先を埋め、背中を抱かれて眠ることにすっかり慣れてしまっていた。温かい身体に触れて眠るのは、実際とても気持ちがよかったのだ。

ジェレミーが不在でひとりで床につくとき、広々したベッドを嬉しく思う一方で、傍らに聞こえる寝息や、骨太の腕や、煙草の匂いが恋しくなって困惑したこともある。そして朝になると決まって、いつの間にか帰ってきていたジェレミーに抱きしめられて眠っている自分に、意味もなくホッとするのだ。

相変わらずジェレミーは自分のことを語らず、僕たちの話題といえば、日本のこと、僕の家族や友人たちのこと、そして互いの勉強していることや興味のあることだった。

壁画について語るときのジェレミーは、いつにもまして饒舌《じょうぜつ》だった。大判の画集を広げて、その歴史について、わかりやすく僕に説明してくれた。そんなとき僕は、絵と、ジェレミーの面長の顔と、頭のてっぺんで揺れる一房の金髪を見比べながら、彼の訛《なま》りのきつい英語に、じっと耳を傾けるのだった。

僕の中では、日々ジェレミーの存在が大きくなっていく。

学校の生徒たちと仲良くなり、放課後みんなで一緒に出かけたりするときも、家に帰ればそこにジェレミーがいると思っただけで、胸が温かくなった。

この遠い異国で、「ただいま」と「おかえり」を言い合える人がいることが、不思議で、嬉しかった。

考えてみれば、両親とは生まれたときから「家族」だった。僕は自分ではなんの努力もせず、「家族だから」の一言で許され、「家族だから」の一言で守られてきた。そしていつも、無条件に両親に愛されてきた。

そういう意味では、ジェレミーと僕はあくまで「フラットメイト」であって「家族」ではなく、上手くつきあっているけれど、そこに甘えはない。お互いが相手への気遣いを忘れないように暮らしていればこそ、僕たちの同居は成り立っているのだ。

しかし一方で、そういう「家族」もあっていいんじゃないかと思ったりもする。

たとえば、二人の他人が婚姻届を出した瞬間から、彼らは新しい「家族」を作ることになるのだ。成功すればよし、失敗すれば、二人は「家族」であることをやめて、また他人どうしに戻る。

そんな緊張感のある関係をも「家族」は含むんじゃないか……。初めてのひとり暮らし、そして初めての「他人」との同居を経験して、僕はそんなことを思うようになっていた。

ジェレミーの言う「家族ごっこ」と、僕の思う「家族」にどれほどの差があるのかはわからない。でも、僕にとっては、ジェレミーはこの国で唯一心を許せる人で、そしてやっぱり「家族」なのだと思う。

朝夕挨拶をするたびに、そしてたわいない話で笑い合うたびに、そして毎晩彼にぬいぐるみのように抱かれて眠るたびに、僕の心の中で、ジェレミーがどんどん大切になっていく。彼のことが、大好きになっていく。

それが恋人の「好き」かどうかはまだわからないけれど、確実に彼は、僕にとってとても特別な人になっていた。

フラットのリビングには、とても大きな出窓がある。畳四分の三枚ほどの広さだ。窓からは、左手にヨットハーバー、正面方向にアズダが見える。そして、右手に広がっているのは、そびえ立つ真っ白な崖《がけ》だった。

この地方の海岸線は、一部のビーチを除いてずっと崖になっている。なだらかな丘が突然スパーンと断ち落とされ、真っすぐ切り立った絶壁になっているのだ。石灰質の崖は真っ白で、太陽の光が当たると、眩《まぶ》しく輝いてとても綺麗だ。そういえば、日本でよく自動車のテレビCMに使われているのはこのあたりの風景らしい。

イギリス人はやけに散歩好きだが、ジェレミーもご多分に漏れずそうだった。天気のいい休日、彼はよく僕を散歩に誘った。

僕らは、アンダークリフと呼ばれる崖下の遊歩道を、海を眺めながら片道二時間ほどかけてぶらぶら歩いた。

目的地はいつも、郊外の小さなティールームだった。その店では、いつも手作りのケーキと、美味しい紅茶を楽しむことができた。

ジェレミーは甘党だから、そこへ行くと必ずケーキを二種類は食べる。僕は、彼のケーキを一口ずつもらい、濃い象牙《ぞうげ》色のミルクをたっぷり入れた紅茶を飲んだ。

一時間ほどゆったり休憩すると、僕らはまた同じ道を通って家に帰る。たいていその後、ジェレミーは出勤するのだが、そうでないときは、二人連れ立って買い物をしたり、映画を見に行ったりした。

だが、そんなことをするのももったいないような快晴の日には、部屋に帰り着いてもまだ、ジェレミーは日向《ひなた》ぼっこを続行していることがあった。そんなとき、彼はきまってリビングの大きな出窓にどっかと座り、煙草を吸う。イギリス人というのは、本当に日光浴に命を懸けているらしい。……光合成でもしているのかと本気で疑いたくなるほどに。

七月のある日、僕が散歩の後、シャワーを浴びてバスタブから出ると、リビングから僕を呼ぶジェレミーの声が聞こえた。

「こっちに来てみろよ、コヨ」

「えっ。ちょっと待って」

腰タオル状態だった僕は、慌ててジャージを着込み、リビングへ行った。

ジェレミーは、洗い晒《ざら》したグリーンのTシャツとジーンズという、さっきとまったく同じ服装で出窓に座っていた。長い両足を投げ出し、崖のほうを向いてぼうっと煙草をくゆらせている。

「どうしたのさ、ジェレミー」

煙草をくわえたまま、ジェレミーは無言で僕を差し招く。僕は、カウンターテーブルにあった灰皿を手に、出窓に近づいた。

「何か珍しいものでも見えるの？」

灰皿を差し出しながら訊ねたが、ジェレミーはそれには答えず、僕の腕を引っ張った。

「な……何？」

僕は、とっさのことにバランスを崩し、出窓のほうへよろめく。ジェレミーの手が僕の腰を支えたと思ったら、次の瞬間、僕は彼の大きく開いた足の間に、どすんと腰を下ろす格好になっていた。

「ちょ……じぇ、ジェレミー」

「いいから」

ドギマギして逃げようとした僕の両肩を摑《つか》み、ジェレミーは僕の身体を崖のほうへ向けてしまった。そして、背後から、僕の肩にその尖《とが》った顎《あご》を載せた。

「なんだよ、もう」

ジェレミーがいったい何がしたいのかはわからなかったが、両腕でウエストをしっかりと抱きかかえられてしまっては、もう諦《あきら》めるよりほかにない。僕は仕方なく全身の力を抜き、ジェレミーの胸にもたれかかった。

出窓は日光で柔らかく温められ、心地よかった。顔のすぐ脇で、煙草の煙が細くたなびいている。

ジェレミーは、僕がもう逃げないことを確信すると、片手で煙草を持ち、片手を僕のウエストにゆったりと回した。僕もお返しに、ちょうど肘置きのように身体の両側にあるジェレミーの膝に、とんと腕を置いた。

頼もしく、居心地のいい人間椅子《いす》は、煙草の灰を灰皿に落とし、そして僕の頬に軽くキスした。

「こそばゆいってば。何?」

「何って……。"skin contact"あるいは"hug"」

「スキンシップ」と「抱擁」……なるほど、上手いことを言う。と感心しかけて、僕はハッと我に返る。

「いや、そうじゃなくて。僕を呼んだのはなんの用だったわけ?」

「これ」

「は?」

「これがしたくて呼んだ」

「……これって……今の、この状態？」

「うん。気持ちよくないか？」

「気持ちいいか悪いかって訊かれたら、そりゃ気持ちいいよ。ぽかぽかして暖かくてさ。けど、どうしてこうしたかったの？　どうして、僕を抱えて座ってんの、ジェレミー」

「どうしてって……あんたが"cuddly"だから、じゃ駄目なのか？」

いつもなら、ああそうですか、で軽く受け流すのに、そのときの僕は、なぜかとことん追及してみたいような気分になっていた。

「じゃあ君は、もしここに僕よりずっと抱き心地のいいテディベアがあったら、そっちを"hug"するんだね？　僕じゃなくて」

「……う……」

今度は、ジェレミーが困惑する番らしかった。彼はしばらく言葉を探すように黙り込んでしまった。

「ジェレミー？」

彼は煙草を灰皿に置くと、もう一方の腕も僕の腰に回し、低い声で言った。

「……さっきから俺、ここにいてすごく気持ちよくてさ。このまま眠っちまいたいくらい、身体じゅうあったかくて、目に見えない神様の毛布に包まれてるみたいで」

いかにもアーティストらしい表現に、僕は微笑《ほほえ》んで頷く。

「ここにあんたがいたら、もっと俺は気持ちいいだろうなって思ったんだ。なんてえのかな、神様の毛布に、天使を引っ張り込んでみたいと思った」

ジェレミーは、「イーンジェル」と聞こえるきつい北部訛りで、「天使」と言った。

「て……天使？」

「俺にとっちゃ、あんたは天使みたいな存在なんだ」

僕は吃驚して、彼の腕の中で無理やり身を捩《よじ》って振り向いた。てっきり冗談と思ったが、ジェレミーは真顔だった。

「なんで、そんな驚いた顔してるんだよ」

「だって……ジェレミーが、僕のことそんなふうに言うなんて思わなかったから……」

僕の言葉に、ジェレミーはなぜかちょっと痛そうな顔をした。そして、ぽつりとこんなことを言い出した。

「あんたはよく、俺を親切だとか優しいだとか言うだろ。そう見えるかもしれないけど、それはいつだって、俺の処世術だったんだ」

意外な言葉に、僕は目を見張ることしかできなかった。ジェレミーは、まるで小説の粗筋でも語るように、淡々と続けた。

「俺、ほんのガキの頃に家族がいっぺんに死んでさ。それで施設に送られた」

「施設に……。親戚とかは？」

「母方の祖母は生きてたけど、彼女は病気でずっと病院に入ってた。ほかの親戚は、みんな貧しかったり子だくさんだったりして、誰も俺を引き取ってはくれなかったよ。みんな、自分たちのことで精いっぱいだったんだ」

それは初めて、そして唐突に語られ始めた、彼の過去だった。

「じゃあ、ずっとひとりぼっちだったの？」

「ああ。そこからはずっとひとりさ。施設の中で生きていくのにいちばん楽なことは、上手く立ち振る舞って、先生や職員たちに気に入られることだった。みんなに『いい子ね』って言われりゃ、気分よく過ごせるだろ。誰だって、嫌われるよりは、好かれるほうが生きやすい……だろ？」

相槌《あいづち》を求められて、僕は曖昧に頷いた。なんだか自分のことを言われているみたいで、言葉の一つ一つが胸に突き刺さった。

僕はずっとそうやって優柔不断に生きてきたけれど、ジェレミーは自分の道をしっかり歩いてきた人だ……そう思い込んでいただけに、僕は彼の話にとても困惑した。

だがジェレミーは、窓の外を見ながら、相変わらず感情を表さない声で言った。

「そんな生き方が、身体にしみついちまったんだろうな。この町に流れてついて三年になるけど、ここでもそうしてきたよ」

「ブライトンで……アズダでも？」

「ああ。自分が愛想よく振る舞って親切にしてやりゃ、たいていの人は同じ反応を返してくれるもんだ。そうやって、気持ちよく暮らしてきた。知り合いも増えた。友達と呼べる奴もけっこういる。……けど、それってアレだ。ギブ＆テイクを最初から見越してたつきあいってこったろ」

「う……うん」

もしかして、自分のことを言われているのだろうか。そう勘ぐりながら、僕はやっとの思いで"yeah"を口にした。だが、ジェレミーは意外なことを言った。

「それが普通だと思ってた。俺が与えるものと、相手から与えられるもの。それが釣り合ってるあいだは上手くいく。けど、収支のバランスが崩れたら、やってけないってね。でも……あんたとは、違うんだ」

「どう違うのさ。ジェレミーは、最初から僕には優しかったし、親切だったよ？」

「あんたには、そうしたかったんだよ」

ジェレミーは、そのときのことを思い出すように、目を細めて白い崖のほうを見た。

「あん時、迷子の子供みたいに、オドオドしてアズダの中をうろついてるあんたを見てたら、無条件に優しくしてやりたいと思った。そんな気持ちになったのは、初めてだ」

「ジェレミー……」

「見返りなんて全然期待してなかった。ただ……あんたの笑う顔はどんなだろうって。すごく単純に、あんたの笑顔が見たいと思ったんだ。……こんな話、嫌か？」

僕は、かぶりを振る。よけいなことを言うより、彼の話をもっと聞きたかった。そんな気持ちが通じたのか、ジェレミーは再び口を開いた。

「『優しくしておこう』ってのと『優しくしたい』ってのは、全然違うんだって、そのとき初めてわかった。あんたが俺の差し出したサラダ食って笑ったとき、胸にさ、こう、火が点《とも》ったみたいな感じがしたんだ。それが、すごく気持ちよかった。もっともっと、あんたを笑わせたい、喋《しゃべ》らせたいと思った」

「ジェレミー……」

僕は、思いもかけない告白に言葉を見つけられず、ただジェレミーの顔を見ていた。

「あんたとあちこち出かけるようになって、それが掛け値なしに楽しい自分に気がついたんだ。……あんたが変なラリリ野郎に襲われたときも、電話であんたの声聞いて、滅茶苦茶焦《めちゃくちゃ》った。もう、電話ボックスから引きずり出されてるあんたを見つけたとき、心臓が破裂しそうだったよ」

「うん……。ジェレミーに抱きついたとき、ジェレミーもドキドキしてるのに気がついて、すごくホッとした。……僕のこと心配してくれるってわかって、嬉しかった」

「そっか、バレてたか。……で、初めてあんたを抱いて寝て、マジで気持ちよくてさ。あんたはいつか日本に帰っちまうけど、それまでもっと、あんたのこと見てたいと思った。だから、一緒に住もうって言った。……もちろん、ジョナサンのことは嘘じゃない。でも、それも、アズダが近いことも、俺にとっちゃ、都合のいい理由に過ぎなかったのかもな」

そんな言葉が、まるで水の流れのようにスムーズに、ジェレミーの口からこぼれた。

嬉しい、と思った。だが、そこには喜びと同じだけの疑念があった。それを僕の表情から読みとったジェレミーは、真面目《まじめ》な顔で言った。

「ココ。言いたいことがあったら言えよ。あんたに不愉快な思いはさせたくないんだ」

僕は、少し考えてから口を開いた。

「べつに不愉快なんかじゃない。そう言ってくれて、嬉しいよ。僕だって、君と会えてよかったと思ってるし、君のこと好きだし、一緒に暮らして本当に楽しいから。でも……」

「でも？」

「でも……ジェレミー、言ったじゃないか。僕がそのうち日本に帰っちゃうから、あっさりしたつきあいでいい、みたいなこと。本物の家族なんていらないって言ったよね？」

「ああ、言った」

「僕のこと、天使なんて言うけど、でも僕は単なる『フラットメイト』なんだろ？　あっさり別れるために、僕を同居相手に選んだって、そう言ったじゃないか。それなのに、今みたいなこと言うの、変だよ。何考えてんのか、わかんない」

僕の口調は、自分でも驚くほど辛辣《しんらつ》になっていた。ジェレミーは、ジッと僕の顔を見て、沈黙した。

やがて、彼の口から出た言葉は、「俺にもわからない」だった。

「わからないって……」

「ココは、今まで会った誰とも違う。俺が初めて『守ってやりたい』って思った人間だ。あんたと暮らすのは楽しいし、あんたを抱いて寝ると、いい夢を見る。……好きだと思うぜ。一緒に暮らし始めたときよりもな」

今度は、僕が沈黙する番だった。ジェレミーは新しい煙草に火をつけ、細く長く煙を吐いた。

「それでも、あんたはそのうち日本に帰るんだろ。俺はまたひとりでどこかへ流れていく。それまで楽しく暮らせればいいじゃないか。それぞれの頭ん中に、思い出だけ残してさ。俺は、それでいいと思ってるよ」

「そんなの、寂しい。僕にとっては、ジェレミーはとっても大切な人だよ。嫌がられるかもしれないけど、僕はジェレミーのこと、『家族』だって思ってる」

僕は一生懸命そう訴えたが、ジェレミーは静かにかぶりを振った。

「あんたがそう思ってくれるのは嬉しい。本当だよ。でも俺の心の中には、あんたとの将来はないんだ。あるのは今だけ。刹那《せつな》の『愛情』だけだ」

彼は、瞬《まばた》きを忘れたように僕を見据えていた。僕も、彼の冬の湖のように澄んだ瞳から、視線を逸《そ》らせなかった。

「愛情……って？」

「今のこの瞬間を愛《いと》おしく思う気持ち。あんたを大事に思う気持ち。……それが俺なりの愛情だけど、それじゃ駄目か？」

僕の心は、なんだかもう混乱して滅茶苦茶だった。悲しいのと嬉しいのと寂しいのが入り交じって、自分の気持ちをどう持っていけばいいのかわからなくなりかけていた。

ただ、今のジェレミーの気持ちを聞けたことだけは嬉しかったし、彼が自分の過去を語ってくれたことで、彼が僕のことを少し近づけてくれたのかと思いもした。

だから僕は、こう問いかけてみた。

「じゃあ、今の僕のことは、好きでいてくれるんだね？」

ジェレミーは、即座に頷く。

「僕が、ジェレミーのことを『家族』……特別な人だって思ってても？」

僕の躊躇《ためら》いがちな問いかけに、ジェレミーはやはり、大きく頷いた。

「俺の『天使』が、俺のことをそんなふうに思ってくれるのは嬉しいよ。それに俺は、自分の考えをあんたに押しつける気はない」

「じゃあ……」

「あんたの気持ちは、あんたの心の中にあるもんだ。大事に持っててくれよ。……ただ俺に、あんたと同じ感情を持つように強いることだけはしないでほしい。……あんたが帰るまで、一緒に暮らしたいからな」

自分の心に不可侵であれば、僕が何を考えていてもかまわない。ジェレミーはハッキリそう言った。

僕はきっと、困惑をそのまま表情に出していたのだろう。ジェレミーは、眉尻を下げ、困ったように笑って、僕の額に自分の額をコツンとぶつけた。

「悪い。あんたを脅迫するような言い方したな。……そんな怯えた顔しないでくれ」

「あ……違う。悪いの僕なんだ。責めるみたいなこと言っちゃった。そうだよね、気持ち、押し売りしちゃ駄目だよね」

ジェレミーは、至近距離で僕を見つめ、小さく嘆息した。

「コヨは相変わらずだな。悪いのは全部自分にするの、やめろって言ってるだろ」

「でも、僕……」

「喧嘩《けんか》は、両方に原因があるもんだ。比率が違うだけでな。物わかりがよすぎると、美徳じゃなくなるぜ？」

からかうように、いつもの調子でそう言って、ジェレミーは顔を離した。その顔には、いつもの人懐っこい笑みが浮かんでいる。

僕もそれを見て、ようやく少しホッとして頷いた。

「うん……。わかった。じゃあ、僕もごめん。それでいい？」

「ああ、それでいい」

そこで一息ついたジェレミーは、不意に話題を変えた。

「そういや、あんた来週の水曜から一週間くらい、学校休めないか？」

「休み？　うん、大丈夫だと思うけど？」

再びジェレミーの胸にもたれかかって、僕は訊ねた。ジェレミーは、旨そうに煙草を吸いながら、何気ない口調で言った。

「俺、やっと休みが取れたから、旅行に行こうと思ってさ。一緒に来ないか？」

僕は吃驚して、身体ごと向きを変えた。限られたスペースだけに、ジェレミーの足の間で、正座する形になってしまう。どう見ても妙な体勢だが、この際仕方がない。

「旅行？　どこへ？」

「どこへ行きたい？　せっかくこの国にいるんだ、あちこち見ておけよ」

　さっきの重い空気を一掃するような提案に、僕は心が浮き立つような気がした。

「そうだな……。僕、ストーンヘンジに行ってみたい。あれを見るのが夢だったんだ」

「オーキイ」

　訊った「オーケイ」を口にして、ジェレミーは親指を立てた。

「ここからそう遠くないから、もちろん行けるさ。ほかには？」

「そう言われても、とっさに出てこないや。ジェレミーの行きたいところは？」

　ジェレミーは、楽しげに答えた。

「そうだな。俺が見たいのは、もう少し新しい建造物だな」

「……っていうと？」

「教会や、僧院跡や、大聖堂や、古い家。ドライブしながら、好きなところで車を停《と》めて、きりのいいところで泊まる。そういう旅は、嫌いか？」

「ううん、面白そう。じゃあ、目的地を決めずに、ただ走るんだ？」

「そうそう。ま、ストーンヘンジへ行くなら、エリアはイングランド南西部だけどな。それ以上は決めずに、気の向くまま走るってのはどうだ？」

　考えるだけでワクワクした。それが顔に出ていたのか、ジェレミーは、片目をつぶって笑った。

「よし。じゃあ決まりだな。忘れずに、明日休みをもぎ取ってこいよ」

＊　＊

そして翌週、水曜日の朝。僕たちは、マリーナ内の事務所で、レンタカーを借りた。ジェレミーが選んだのは、ルノー社製の小さな青い車だった。

「ココ、運転は？」

「う、国際免許持ってないや。ゴメン」

「じゃあ、ドライバーは俺だな。あんたは地図見ててくれ」

ジェレミーはさっさと運転席に乗り込み、エンジンをかけて満足そうに頷いた。僕も助手席に乗り込み、ロードマップを広げる。

「さて、忘れ物ないな？　行くぞ」

ジェレミーがアクセルを踏み込むと、車は軽快に走り出した。

最初ジェレミーは、ひたすら海沿いの道を西へと向かった。チチェスターを通り過ぎ、サウサンプトンを過ぎたところで北上する。

最初の目的地は、僕待望のストーンヘンジだ。

道中、僕は窓に張りつき、ずっと外を見ていた。海辺を離れると、一面に広がる景色は、ガラリと変わった。それは、これまでテレビか映画でしか見たことのなかった、典型的なイギリスの「カントリーサイド」だったのだ。

緩やかな丘には牧草が青々と茂り、そこここに羊や牛がいた。その中に、茅葺《かやぶ》き屋根の小さなコテージが点在している。

「綺麗だなあ。ねえ、すごいね、ジェレミー」

「何が？」

興奮した僕を面白がるように、ジェレミーは問いかけてきた。

「だって、羊羊羊！　って感じだよ。丘がずっと続いてて、面白いなあ」

「そうか？」

「うん！　なんか絵本みたいだよ」

「ジャパニーズには珍しいのかな。俺なんかもう見飽きて、なんとも思わないけど」

そう言って、ジェレミーはカーラジオのボリュームを上げた。途端に車内に流れたエンヤの歌声が、のどかな田園風景に伸びやかに広がっていくような気がした。

そしてストーンヘンジに到着するなり、僕は再び驚きの目を見張ることになった。

何しろ、いきなりストーンヘンジ！　なのだ。道沿いの、果てしなく広がる平原に、突然あの有名な石組みが現れる。

駐車場がきちんと整備されていて、観光客は皆そこで車を降り、入場料を払って、巨石群のすぐ傍《そば》まで行くことができる。

ストーンヘンジは思ったよりこぢんまりしていて、さすがに石に触れられないように、周囲にぐるりとロープが張ってあった。

「俺が赤ん坊の頃は、こんなロープなかったんだぜ。石の真ん中で撮った写真があるよ」

「へえ。羨ましいなあ」

僕らはストーンヘンジの周囲をゆっくり歩き、そして車に戻った。

さすがに直射日光を浴びて、二人ともうっすら汗をかいていた。

「どう、感想は？」

エンジンをかけ、クーラーの風で頭のてっぺんの跳ね毛を揺らしながら、ジェレミーはそう問いかけてきた。僕は、正直な気持ちを打ち明ける。

「驚いた。もっと厳重に管理されてると思ってたんだ。あんなに有名なものだし」

「管理されてるじゃないか」

「だって、ロープ一本だよ？　すごく無防備だと思うけどなあ」

「やれやれ、ジャパニーズは心配性だな」

ジェレミーは呆れたように笑い、僕もちょっと恥ずかしくなって、笑いでごまかした。

「でも、見られてよかった。一生忘れないよ。連れてきてくれてありがとう」

ジェレミーは、片眉を上げ、ひとさし指の先で、僕の額をちょいとつついた。

「初日の午後にありがとうは、ちょっと早すぎるぜ、コヨ。これからもっと楽しい旅になるさ」

「うん。……だって、ホントに嬉しかったから。でも、楽しい旅にしたいね。僕、運転はできないけど、ナビゲーション以外にもできることがあったら、言ってよね」

「そうだな……」

ジェレミーはちょっと考えて、自分のジーンズのポケットから、半分つぶれかけた煙草のパッケージとライターを出し、僕に手渡した。

「じゃあ、重要任務だ。俺が煙草って言ったら、くわえさせて、火をつけてくれよ」

「オッケー」

僕はウインク付きの笑顔で答え、ライターをしゅっと擦《こす》ってみせた。


そんなふうに、僕らはのんびりと旅を続けた。いくつも小さな集落や村を通り抜け、面白そうなものを見つけると、そこで車を停めた。

小さな教会や、もはや建物自体が傾いた茅葺きの雑貨屋や、小川や、農場。

そんなものをゆっくり見て回り、疲れたら、ティールームでお茶を飲んだり、川縁の木陰で昼寝をしたりした。

観光客が決して行かないであろう場所で、土地の人たちの普通の生活を垣間見《かいまみ》ることができて、僕は本当に幸せだった。

日が落ちる頃、僕たちは適当に宿を見つけてチェックインした。宿はきまってB&Bと呼ばれる朝食付きの民宿だった。そのほうが安価でサービスがよく、そして面白いからだとジェレミーは僕に説明した。

確かに、十八世紀に建てられたという愛らしいコテージの宿もあったし、「子供が独立したから」と、アイドルのポスターが貼られた子供部屋を提供してくれた宿もあった。どこも僕には新鮮で、興味深いものだった。

ジェレミーは、旅先でもやはりシングルベッドをくっつけ、僕を抱いて眠った。僕は毎晩、ベッドの境目から床に落ちそうになって閉口したが、ひとりで運転し続けてくれる彼が安らかに眠れるなら……とそこは黙って我慢することにしていた。


そんなこんなで、五日目の午後。

僕たちは、グラストンベリーでアーサー王の墓（と言い伝えられているもの）を見たあと、通りすがりに見かけた大聖堂の素晴らしさに誘われて、ウェルズというサマセット州の小さな町に足を止めた。

大聖堂は町のシンボルであり、その周囲は、芝生の広場になっていた。柵《さく》も壁もない、清々《すがすが》しいオープンスペースだ。

「ここに寝転んだら、気持ちよさそうだな」

そう言って、ジェレミーは芝生の上で、うーんと大きな伸びをした。僕は呆れて、その脇腹を軽く小突く。

「寝転ぶ前に、聖堂を見ようよ。こんな小さな町なのに、ものすごく立派だよね」

「だな。見てみろよ。根性だな、こりゃ」

僕らはまず大聖堂の正面に立ち、目の前にそびえ立つ象牙色の壁面を見た。

驚いたことに、繊細な彫刻が施された壁面全体に、数えきれないほど多くの彫像が嵌《は》め込まれている。僕がただ感嘆して見上げていると、ジェレミーが眩しげに目を細め、手を額にかざしつつ、説明してくれた。

「本で読んだことがあるよ。この彫像は、全部で四百体くらいあるんだ」

「四百体!? すごい……いったいなんの像?」

ジェレミーは、腕を伸ばし、重そうな木製の扉のすぐ上を指さした。

「正面のありゃ、きっと聖母子像だ。その上にあるのは……最後の晩餐《ばんさん》だろ、あれは……たぶん、アダムとイブだ」

「あ、なるほど……。その上は?」

「たぶん、聖人とか司教とか、そんなお偉方の像だろ。実際目の当たりにすると、圧倒されるな。見ろよ。まだ空いてるぜ」

見れば確かに、上のほうにところどころ、装飾のないツルンとした箇所が残っている。

「ホントだ。あそこには誰が入るんだろ」

「さてね。あんただって、この国で一発でかいことをやりゃ、あそこに像を嵌め込んでもらえるかもだぜ?」

「ジェレミーこそ。僕はいいよ。上を見すぎて、首が痛くなっちゃった。中に入ろう」

「そうだな」

僕らは痛む首を回しながら、分厚い木の扉を押し開き、大聖堂の中へと入った。

木製のベンチのあいだから、大きなステンドグラスをジッと見上げる。外の明るい光を受けて、聖母子やキリストが、鮮やかな色彩で輝いている。まるで、本当に後光が差しているように、それは美しく神々しかった。

そして、それをいつもと違う鋭い眼差しで見つめるジェレミーの横顔もまた、彫像のように厳しく、そして綺麗だった。

僕はいつしか、ステンドグラスのことはすっかり忘れ、ジェレミーの顔を見つめていた。いつも笑ってばかりのジェレミーが、たまに見せる真剣な顔。何かに集中しているときの彼は、本当に端正な顔をしていた。

「ん？　なんだ、退屈したのか？」

やがて、僕の視線に気づいたのか、ジェレミーは視線を僕に転じ、そして呆《ほう》けたような僕の顔を見て、いつもの笑みを浮かべた。その拍子に、頭のてっぺんで髪の一房がぴょんと揺れる。なんだか、彫像が突然人間に戻ったようで、僕はそれがやけに可笑しかった。

その夜は、ウェルズで宿を取ることにした。大聖堂の周囲に何軒かホテルがあり、僕らは「白鹿亭」という小さな宿を選んだ。玄関先に色とりどりの花が咲き乱れているのが、二人とも気に入ったのだ。

宿を経営しているのは老齢の夫婦で、その夜の宿泊客は僕たちだけだと言った。

古い建物なので客室の天井は低めだが、白い漆喰《しっくい》の壁と、黒々とした太い梁《はり》のコントラストが美しい。大きな窓からは、ほぼ正面に大聖堂の正面の壁が見えた。ベッドは黒い木製の、どっしりした年代物だ。

「こりゃ、移動が大変だな」

ジェレミーはそう言って、ベッドを押してみた。だが、恐ろしく重くて頑丈なベッドは、びくとも動かない。

「あはは。今日は、くっついて眠れないね」

僕がベッドに座り込んだジェレミーを笑うと、彼は立てた親指を思いきり下向けた。

「笑ってんなよ、コヨ。俺は意志強固なんだぜ」

「……え？」

中途半端に笑いを残した顔で固まる僕に、ジェレミーはニヤリと笑って宣言した。

「あんたが俺のベッドに来ればいいことだろ？　大丈夫、俺もあんたも細いから」

何やら、似たようなフレーズを少し前に聞いたような気がしたのは、気のせいだろうか。

僕は無言で、引きつった笑いを返したのだった……。

そして、ジェレミーは有言実行の男だった。僕は、ひとりなら十分楽に眠れるはずの僕のベッドを諦め、ジェレミーのベッドに引きずり込まれた。

一応嫌がってみたのだが、「俺、あんたを抱えてないと上手く眠れないんだよな。明日の運転怖いなあ……」と呟かれては、折れざるを得なかったのだ。

ジェレミーはそう体温が高いほうではないし、痩せているから、くっついていてもそれほど圧迫感はない。それでもその夜は妙に蒸し暑く、僕はなかなか寝つけなかった。

だから最初、夜更けに目覚めたとき、寝苦しさのせいかと思った。だが、すぐに気づいた。開けっ放しの窓から見える空が時折青白く光っているのだ。

「……何……？」

僕はまだハッキリしない頭で、むくりと起き上がった。青白い光が稲妻だと気づき、ハッとした瞬間、雷鳴が轟《とどろ》いた。

「わッ」

僕は思わず、ヒュッと首を縮こめる。どうやら、どこかあまり遠くないところに落雷したらしい。床や壁が、ビリビリと振動した。

窓からは、大粒の雨が凄《すさ》まじい風とともに開けっ放しの窓から吹き込んできている。

さっきの落雷ですっかり目が覚めた僕は、慌ててベッドから飛び降り、窓を閉めた。どうやら、眠る前のあの蒸し暑さは、突然の嵐《あらし》の到来を知らせていたらしい。

「天気予報、こんなひどい嵐になるなんて、ひとことも言わなかったじゃないか」

思わず、そんな不平が口をついて出る。ひとしきり文句を言ったところで、僕はふと首を傾げた。

「あれ？　どうして動けてるんだろ、僕」

ふと気づくと、いつもなら朝までしっかりと僕を抱きしめて離さないジェレミーの腕がない。というか、そもそもベッドの中に、彼の姿がなかった。

「ジェレミー、そこにいる？」

バスルームの扉を開けてみたが、彼はいなかった。

稲妻は、切れかけの蛍光灯のように断続的に室内を照らし、雷鳴が徐々に近くなってきた。凄まじい音に、窓ガラスやシャンデリアがビリビリ鳴った。

「まさか、出かけたのかな……」

まさかと思いつつも、部屋にいなければ、外を捜すしかない。僕は、Gジャンをパジャマの上から引っかけて、部屋を出た。

廊下は真っ暗だった。僕は壁づたいに手探りで歩き、階段を一段ずつそろりと下りた。

玄関脇の、暖炉のあるサロンを覗く。だが、そこに人の気配はなかった。

外の嵐はますます激しくなったようで、突風が外の木々をなぎ倒しそうな勢いで翻弄《ほんろう》し、雨粒はまるで石つぶてのようにガラスに激突している。突風に、家じゅうが小刻みに揺れた。

僕は急に不安になった。思わず、両手でしっかりと自分を抱きしめる。世界にたったひとり取り残されたような、言いようのない心細さに、全身が震えた。

「どこ……行ったんだよう、ジェレミー」

この宿の中で、ほかにジェレミーがいそうな場所は、もうない。僕は恐ろしく孤独だった。

「何か……あったのかも。捜さなきゃ」

建物の中にいないのだから、外に出たとしか思えない。だが、なぜこんな暴風雨の中を外出しなくてはならなかったのか。しかも、僕を起こさず、たったひとりで。

（いったい、どうして）

いくら考えても、彼の行動の意味が理解できない。ここでただじっと待っているよりは、捜しに行くほうがましな気がした。

「よし、行こう」

僕は覚悟を決め、重い扉を、強風に負けないように力いっぱい押し開いた。

一歩外に出た途端、雨粒が容赦なく全身に叩《たた》きつけてくる。せめて顔を庇《かば》いつつ、外灯と稲妻の光だけを頼りに、目を凝らした。

目の前にそびえ立つのは、くだんの大聖堂だ。外灯に照らされ、雨に濡《ぬ》れた芝生が、灰色がかった緑に鈍く光っていた。

通りには、人っ子ひとりいない。

いくら嵐の中といえども、大声で呼んで捜すわけにはいかない。外に出たものの、僕は途方にくれて立ち尽くすしかなかった。

そうこうしているうちに、僕の全身は、たちまちのうちにぐっしょりと濡れそぼってしまった。雨は冷たく、濡れた服は容赦なく体温を奪っていく。

「どうしよう。……町じゅう歩いて捜すわけにもいかないし」

いつまで立ちんぼうを続けていても仕方がない。僕はただなんとなく、大聖堂のだだっ広い芝生に足を向けた。

一歩ごとに、濡れた芝生から水が跳ね上がる。ぬかるんだ土に靴がめり込んで、ちょっと油断すると転びそうだった。

ピカッとフラッシュを焚《た》いたように周囲が白く光り、数秒後、凄まじい雷鳴が轟く。

「うわあっ！」

雷が僕めがけて高い空からまっしぐらに落ちてくるような気がして、僕は悲鳴をあげながら、大聖堂のほうへ必死で駆けた。町でいちばん高い建物の近くにいれば安全かもしれないと、とっさに思ったのだ。

見上げれば、壁面の彫像たちが、闇《やみ》の中に静かに佇《たたず》んでいた。闇に目が慣れてくると、彫像たちの表情までが見えてくる。雷がもし大聖堂を直撃したら、彫像たちがフランケンシュタインのように壁から抜け出し、歩き出すのではないか……そんな妄想が頭をよぎり、僕は小さく身震いした。

「頼むからさ……出てきてよ。どこにいるんだよ、ジェレミー……」

僕はぎゅっと自分を抱いて、もう一度あたりを見回した。だがやはり、彼はいない。

（ここに神様がいるんなら、僕にジェレミーの居所を教えてくれよ）

心の中でそんな不心得な悪態をついたところで、ハッと思い出した。

「そういや昼間、ジェレミーってばここのステンドグラスをすごく一生懸命見てたっけ」

旅の途中、あちこちで目にした中世の壁画やステンドグラスを、ジェレミーはいつも食い入るように見ていた。

(でも、今日のステンドグラスほど熱心じゃなかった。よっぽど気に入ってたんだ……)

もしかしたら。

「もしかして、あれをもう一度見たくてここに来ちゃったとか、そういうことは……ないだろうなあ。あーあ………あ!」

自分の考えの馬鹿馬鹿しさに呆れつつ、それでもしつこく僕は、来訪者を拒むようなその分厚い鉄と木でできた扉を押してみた。

「嘘だろ。開いてる……」

驚いたことに、正面入り口は施錠されていなかった。いつもそうなのか、管理者のミスなのかはわからない。とにかく重い扉は、僕の侵入を許してくれた。

中に入り、扉を閉めると、あれほど凄まじかった嵐の音が、すうっと小さくなった。

堂内は、当然のことながら真っ暗だった。それでも、暗がりに目が慣れているのと稲光のおかげで、なんとか物の輪郭くらいは見ることができる。稲妻が走るたびに、ステンドグラスがそこだけカラフルにカッと浮き上がり、なんとも不気味だった。

そして……やはりそこにジェレミーの姿はなかった。僕はガックリと肩を落とす。

「やっぱり、いないや……」

仕方ない、こうなったら宿へ戻って、彼の帰りを待とう。寒さと不安で震えながら、僕は重い足を引きずり、外へ出ようとした。

……と。

背後から、微《かす》かな声が耳に届いた。人の声だ。それも、悲鳴……。

それが聞き覚えのある男の声であることに気づいた瞬間、僕は声の聞こえるほう……回廊のほうへと駆け出していた。

中庭をぐるりと囲む回廊に踏み込んだ僕は、驚愕《きょうがく》して立ちすくんだ。長い廊下の片隅にうずくまっているのは、確かに捜し求めていたジェレミーだった。しかし彼は、両手で頭を抱え、叫んでいたのだ。

「……ジェレ……ミー……？」

言葉にすらならない、獣のような絶叫に、僕は呆然《ぼうぜん》とし、しかし次の瞬間、まろぶように彼に駆け寄っていた。

「ジェレミー！　どうしたんだよいったい」

彼もまた、ぐっしょりと濡れそぼっていた。座り込んだ回廊の床に、大きな水たまりができている。

「ジェレミーってば！」

僕は、彼の頭を覆う手をどけようとした。が、彼はその手で、僕を突き飛ばした。

「つっ……ジェレミーってば。いったいどう……したんだよっ」

不意をつかれて尻餅《しりもち》をついた僕は、しかしすぐに起き上がり、今度はもっと力をこめて、彼の腕を引いた。

「ジェレミー！　僕だよ。航洋《こうよう》だってば」

その声が耳に届いたのか、野獣の咆哮《ほうこう》のような声が、ふと止まった。ジェレミーは、ゆるゆると頭から手を下ろし、顔を上げる。彼の顔は、涙でグシャグシャに濡れていた。その真っ赤に充血した目からは、とめどなく新しい涙が溢《あふ》れている。

「ジェレミー？　僕がわかるよね？　こんなところで、何してるのさ。僕、捜し……」

振り絞るような呻《うめ》き声が、ジェレミーの唇から漏れた。

「見んな……こんなとこ」

いつもの彼とは違う突き放すような物言いに、僕は呆然とした。

「ジェレミーってば。どうしてこんなところに来たのさ。それに、どうして泣いて……」

「う……るさい。……あんたなんか、天使のくせに。とっとと帰っちまえ」

「天使って……もう、何言ってるんだよ。とにかく、着替えなきゃ。宿へ帰ろう」

そう言って僕はともかくも彼を立たせようとしたが、逆に腕をきつく引っ張られ、彼の腕の中にしっかりと抱き込まれた。

「じ……ジェレミー……？」

何が起こっているのかわからず、僕は首を巡らせ、ジェレミーの顔を仰ぎ見る。

「……んな……夜だったんだ……」

「……え？」

「こんな夜だった……。俺の両親と、兄貴が死んだのは」

震える声で、ジェレミーは呟いた。

「駄目なんだ……雨が降ってて……夜で、風が冷たくて、雷………ッ！」

ひときわ大きな音を立て、おそらくはかなり近い場所に雷が落ちる。ジェレミーは話し続けることすらできず、僕のびしょ濡れの胸元に、顔を伏せてしまった。その全身が小さく痙《けい》攣《れん》しているのに気づき、僕もことの深刻さをようやく悟る。

「ジェレミー……？　ジェレミー、しっかりして。雷はここにはきっと落ちないよ。ね？だから落ち着いて」

僕は、必死で彼を宥《なだ》めようとした。濡れた頭を撫で、何度も同じ言葉を囁く。きつく抱きしめられ……というよりはしがみつかれて、息をするのも大変だった。

「雷……鳴ってて、目の前で、車が燃えて……すごい火の玉が………みんな、燃えるんだ」

まるで譫言《うわごと》のように、ジェレミーは喘《あえ》ぐような声で喋り続ける。

「何かもう……たまらないんだ。身体じゅうバラバラになるような気がする。息ができない……燃える、熱い、あつ……」

「ち、ちょっと……ジェレミー！」

「火が燃える……火の玉の中で、みんな焼かれちまう……。熱い……息が苦し……痛い……痛いよ、胸が痛いよ父さん、母さん……」

「……ジェレミー……」

ジェレミーがひどく錯乱しているのは確かだった。その呼吸が、異常に浅く、忙《せわ》しない。シャツ越しに感じる鼓動も、頻脈すれすれの速さだった。

（いけない。過換気発作だ！）

このときほど、自分が医学生でよかったと思ったことはない。ストレスや不安発作が元で呼吸運動が異常に亢進《こうしん》し、身体に今ジェレミーが訴えているような症状が出るのだ。

僕は半ば反射的に、ジェレミーの顔を強く僕のシャツに押しつけ、頭を両腕で抱え込んだ。そうすれば、狭い隙間《すきま》で自分の吐いた息を吸い込むことになる。自然と、二酸化炭素を多く取り込むことになり、症状が落ち着いてくるはずだ。

彼のぺしゃんと頭に張りついた金髪の頭を抱き、僕は必死で彼に囁き続けた。大丈夫、火なんかここにはない、と。

だがジェレミーは、今にも死にそうな速い呼吸をしつつ、雷が鳴るたびに、ビクリと身体を跳ねさせた。食いしばった歯の間から、子供のような嗚咽《おえつ》が漏れる。

まるで、手を離したら僕が消えてしまうと思ってでもいるように、彼の手は恐ろしい強さで僕のGジャンを摑んでいた。

「苦しいよ……父さん、助けて……。行かないで、ううん、一緒に連れてって……お願い、ひとりに……しな……で」

嗚咽の合間に切れ切れに聞こえたのは、そんな言葉だった。

胸が締めつけられるように痛かった。

詳しいことはわからないが、おそらくジェレミーの家族は、交通事故で亡くなったのだろう。そして、それは、今のような嵐の夜だったのだ。

錯乱したジェレミーは、一時的に事故当時の、子供だった自分に戻っているのだろう。

（ジェレミー……お父さんやお母さんを呼んでる……。ひとりにしないで、って）

ようやく、彼があれほど頑《かたく》なに「家族はいらない」と言い張った理由が、わかりかけてきた。

家族の愛情に包まれ、幸せに暮らしていた子供が、ある夜突然、天涯孤独の身の上になってしまったのだ。大切な人たちが呆気《あっけ》なく自分を置いて去ってしまったことに、彼はひどく傷ついただろう。自分ひとりが生き残ってしまったことに、罪悪感を感じたかもしれない。

そして、幸せというものの脆《もろ》さを、嫌というほど思い知ったのだろう。

だからこそ彼は、もう二度と「家族」は持たない、「誰かと歩む未来」は思い描かない。

そう決意したのだ。

そんなつらい経験をした彼が、両親の愛情に包まれて、何不自由なく育った僕を受け入れ、優しくしてくれた。それが嬉しくて、切なくて、僕の目からも、涙が溢《あふ》れた。

（でもジェレミー。そんなの悲しすぎるよ）

僕は思わず、ジェレミーの髪に、唇を押し当てていた。自分の気持ちが、どこかで彼の心に届くようにと願いながら。

幼い子供に戻っている彼を僕が抱きしめることで、彼の心の傷が少しでも癒《いや》されればいい、そう思った。

(君の中の子供の君に、言ってあげたいよ。……将来、君は僕に会うんだって。だから、寂しくなくなるんだって)

僕はもう、自分の気持ちに気づいていた。

心のどこかで、「恋愛は男女でするものだ」と思い込んでいたせいで、ずっと自分に嘘をついてきた。でも、もうごまかせない。

(僕は……ジェレミーが好きだ。きっと、出会ったときからずっと……恋、してたんだ)

すべてのものに怯え、小さくなっていた僕を助けてくれたのも、僕に安らげる空間を与え続けてくれているのも、ジェレミーだ。

僕はいつだって、ジェレミーに寄りかかって、彼に守られて、この国で幸せに暮らしてきた。僕の居場所が彼そのものなのだと、僕は今、ハッキリと感じていた。

そんなジェレミーが、今は本当の幼子のように身体を縮こまらせ、震えて泣きながら僕の腕の中にいる。

(君の中にきっとまだ、その頃の君がいるんだね。……僕、今、子供の君を抱きしめてるんだ……)

回廊の硝子《ガラス》窓にはやはり激しい雨が叩きつけ、少し遠くなりはしたものの、相変わらず雷が夜の空気を震わせていた。僕たちの身体は雨に濡れて冷えきり、ただ、互いの身体が触れ合ったところだけが、泣きたいくらい温かかった……。

どのくらい時間が経っただろう。

あれほど切迫していたジェレミーの呼吸は、徐々に平常に戻りつつあった。それとともに、錯乱状態からも醒《さ》めたのだろう。小さく身じろぎしたジェレミーは、顔を上げた。同時に、それまで僕にしがみついていたジェレミーの手が、力なく床に落ちる。

「見られたくなかった……のにな」

彼の第一声は、吐き捨てるような調子を帯びていた。

「隠さなくていいよ。嵐の夜は、いつもそうなんだね？　だから、ここに逃げ込んだ？」

ジェレミーは微かに頷き、僕の胸元を押して、身体を離そうとした。

「だったらどうなんだ。がっかりしたか？」

「そんなこと……」

僕は、思わず彼の二の腕を摑み、離すまいとした。ジェレミーがどんなに邪険な言葉を僕に叩きつけても、彼が本当に傷つけているのは彼自身だと、わかっていたから。だから僕は、もう心を揺らしはしなかった。

「離せ……よ。俺のことは、放っとい……」

ジェレミーは、僕の手を外そうとする。だが、僕はキッパリとそれを拒否した。

「離さない。だってジェレミー、本当は『家族』がほしいんだって、僕わかったから」

「……コヨ……あんた……」

「お父さんやお母さんのこと、呼んでたじゃないか。ひとりにしないでって泣いてたじゃないか。……あれが、本当のジェレミーの心なんだろ？　本当はいつだって、寂しくて不安で、震えてたんだろ？」

ビクリと、ジェレミーの腕の筋肉が痙攣した。だが、彼を動揺させたのは窓の外の嵐ではなく、ほかでもない僕の言葉なのだ。

「僕が、ここにいる！」

ジェレミーのまだほんの少し狂気を残した目が、僕を射すくめる。だが、僕は一歩も退《ひ》かず、彼の瞳を見返した。

「ずっと悩んでた。君は僕を助けてくれたのに、僕は君に何もしてあげられないから。でも、今わかった。僕、君の家族になる。絶対になる。決めたんだ」

「コヨ……でも俺はそんなもの……」

ジェレミーは、視線を逸らして弱々しく抗弁する。でも僕は、それを許さなかった。

「そうやって、自分の気持ちに嘘ついて強がったりしなくていいんだ。いつだって、君の心の中には、子供の君がいるのに。いつも、寂しくて怖くて泣いてる子供がいるのに」

「……そうさ。俺が恋人を……愛せると思った人を見つけるとかならず、ガキの俺が囁くんだ。『こいつだって急に消えちゃうよ。お前、すぐにまたひとりになるんだぞ』って……。途端に怖くなる……逃げ出しちまうんだ……。それでいつも、相手を傷つけてきた。どうしようもない最低野郎さ、俺は」

ジェレミーは俯《うつむ》き、消え入りそうな声で呟く。僕は彼の顔を無理やり覗き込んで、雷鳴に負けないように声を張り上げた。

「寂しかったんだね、ずっと。でも、子供の頃の君に、言ってあげなきゃ。もうひとりじゃないんだって。ちゃんと、なくならない愛はあるんだって」

「……コヨ……」

ジェレミーの震える手が、躊躇いがちにそっと僕の頬に触れる。

「僕がいるよ！　僕が、こうして君を抱きしめられる」

「……よせよ。嘘つくな」

しかし、彼を抱こうとした僕の腕は、彼に払いのけられた。彼は、ひどく傷ついた顔で僕を詰《なじ》った。

「あんたは天使だ。天国へ……日本へ、帰っちまうじゃないか。そうしたら、また俺はひとり……」

「そんなふうに諦めちゃ駄目だってば！」

僕は、自分の口走っていることが信じられなかった。引っ込み思案で悲観的だった僕は、いったいどこへ行ってしまったのか。

そのときの僕は、ジェレミーを守りたい、彼を助けたいという気持ちでいっぱいだったのだ。それが僕を、いまだかつてないほど強くしていた。

「……コヨ……何を……」

「僕がほしいって言うんなら、もっとほしがってよ。僕が天使だっていうなら、天に帰れないように、羽根をもいでしまえばいい！」

ジェレミーは、驚愕に目を見開き、僕の顔を凝視した。掠《かす》れた声が、その喉から漏れる。

「……羽根を……もいで……」

僕は頷いた。ここまで大胆なことを言える自分がいたなんて、初めて知った。でもそれはきっと、相手がジェレミーだから。何を犠牲にしても守りたいと思ったただひとりの人だからなのだ。

だから僕は、まるで宣誓のように告げた。

「今、ここで。神様の見ている前で、僕の羽根をもいでしまえばいい！　……僕だって、もう、自分の気持ちから逃げない」

そして僕は、硬直しているジェレミーの顔に自分の顔を近づけ、初めて僕から唇を重ねた。彼の唇は、氷のように冷たかった。

僕の心は、怖いほど静かだった。

「モラルとか偏見とか先入観とか、もうそんなのどうだっていい。僕はジェレミーが好きだ。すごく好きなんだ」

ジェレミーが息を呑《の》む。そして次の瞬間、僕は彼にかたく抱きしめられていた。

「言ってもいいのか？　あんたがほしいって。信じていいのか？　……信じさせてくれるのか？　あんたが」

僕は、彼の胸に頬を押しつけたまま、わずかに首を動かして頷く。

「あんたがほしいよ……」

熱い囁きが、耳元に吹き込まれる。僕は、彼の背中に両腕を回し、力いっぱい抱き返した。

「もっと僕をほしがってよ、ジェレミー。……君に、僕を信じさせてみせ……」

最後まで言い終えることはできなかった。ジェレミーの唇が、今までなかった激しさで、僕の唇を塞《ふさ》いだのだ。

「……コヨ……コヨ」

キスの合間に幾度も僕の名を呼びながら、ジェレミーは僕を床の上に横たえた。貪《むさぼ》るようなキスをされて、僕は息苦しさに、思わず彼の背中に爪《つめ》を立てる。

「ん……ふ……う、っ……」

深い口づけは、唇を噛《か》みちぎられるかと思うほど荒々しかった。唇が離れるわずかの間も惜しむように、僕たちは幾度も唇を重ねた。互いを求める気持ちをぶつけ合うような、そんなキスだった。

「ジェレミ……んっ」

好きだよ、と言おうとしたのに、首筋に歯を立てられて、僕は思わず息を呑んだ。

ジェレミーの唇は、僕の唇から首筋、そして鎖骨の上へと滑った。骨張った長い指が、僕のパジャマのボタンを、もどかしげに外していく。それに気がついて、僕は彼にしがみつく手を、少し緩めた。

Gジャンとパジャマが脱がされると、ジェレミーの手が、僕の身体のラインを確かめるように、胸から脇腹にかけて這《は》い回る。その感触に、僕の身体は勝手に震えてしまう。

ジェレミーは何も言わなかった。ただ、恐ろしく真剣な顔をして、僕の身体の隅々に触れた。僕のズボンを下着ごと引きずり下ろしたときですら、彼は無言だった。

ただ、彼の冷たい手が徐々に熱を帯び、触れ合った胸から伝わる心臓の鼓動が速くなったことで、彼が高ぶっているのだとわかる。

ジェレミーは、壁画にこんなふうに触れるのだろうか。

そう思ってしまうほど丹念に、全身を余すところなく慈しまれ、口づけられる。彼の少しかさついた唇が触れるたび、僕の身体は僕の意志を無視して、ビクビクと跳ねた。

回廊の冷たい石の床の上で、全裸の自分を晒している。それが恥ずかしくて横を向いてしまおうとすると、ジェレミーは背後からしっかりと僕を抱きしめた。

まだ服を着たままのジェレミーのシャツの冷たさを背中で感じて、僕は思わず吐息を漏らす。熱い息がうなじにかかったと同時に、ジェレミーの手が、僕の下腹部に触れ、僕は思わず小さな声をあげてしまった。

「やっ……じぇ……ジェレミー……っ」

形を確かめるように握り込まれ、ゆっくりと扱《しご》かれる。身体じゅうの熱が、たちまちそこに集中していく。

見ないようにしていても、彼の手の動きや感覚で、それがゆるゆると勃《た》ち上がり、硬さを増しているのがわかった。

「んっ、う……ぅ、うんっ……」

彼の手の動きは繊細で、そのくせ残酷だった。片手は巧みに緩急をつけて僕を追い上げ、もう一方の手は、胸元や脇腹を微妙な強さで撫で回す。僕はもう、声を我慢することができなかった。

「……ふ、ぅ……っ、んっ……も、もう」

英語を喋ることすら忘れ、僕はいつしか、与えられる愛撫《あいぶ》に夢中になっていた。くつろげたジーンズの前から僕の腰に当たるジェレミーのそれも、力を持ち始めているのがわかる。刺激に耐えられず腰を揺らすたびに、その硬さと熱さを肌で感じた。

彼が、僕の身体に興奮している、僕のことを求めていると思うと、心が喜びで震えた。

これまで、男どうしの恋愛やセックスがどんなものか、あれこれ想像して怯えていた自分が可笑しかった。

心から大切だと思える人となら、それが男だろうと女だろうと、関係ないのだ。お互いを求め合っているなら、心も身体も、自然に相手を受け入れられるのだ。

「もう……ジェレミ……ッ！」

間断なく擦り上げられ、僕は限界を訴えて彼の手をどけようとした。だが、それを拒むように、彼は触れた僕の手ごと、僕自身をしっかりと握り込んだ。

「……ああっ……ッ！」

自分の手のひらの冷たさと、彼の手や僕自身の熱さのコントラストが、ゾクリと身を震わせる。濡れた感触に戸惑う暇もなく、ジェレミーの大きな手に導かれ、僕の手は自分自身を握り込んだまま、激しく動く。

「こんな……ん、んっ、くうッ！」

根元から先端へ大きく扱かれると同時に、うなじを痛いくらい噛まれて、僕はたまらず二つの手の中で、自身を解放してしまった。

「は……ふぅ……ん」

小さく痙攣しながら、僕はぐったりと弛緩《しかん》し、冷たく滑らかな石の床に頬を押し当てる。吐く息が血なまぐさくなるくらい、呼吸が荒くなっていた。

こんなふうに乱暴に愛されたことは初めてだった。でもその激しさが、ジェレミーが僕を求める気持ちそのもののような気がして、僕はそれすらも嬉しく思えた。

半ば放心していた僕は、腰の後ろをまさぐるように触れたジェレミーの手に、ハッとして顔を上げた。

「………ぁ……」

背後から片腕で僕を抱いたまま、ジェレミーの左手が、二人のあいだに差し入れられている。僕のもので濡れた指が、入り口を探るように柔らかく触れた。

これから何をされるかは、知識としてはわかっている。ここまで来たら、それを拒もうとも思わない。

それでも、未知の感覚に対する恐怖と、彼の顔が見えない不安で、僕はがむしゃらに動き、彼の腕の中で身体を反転させた。

嫌なのか？　とジェレミーが目で問う。僕は小さくかぶりを振った。

「違う。……君の顔を……見てたいんだ」

そう言った途端、ジェレミーの灰青色の目が、優しく細められた。ああ、すべて任せていればいいのだと、僕は少し安心して、彼の首筋に両腕を回す。

ジェレミーは、僕の顔をじっと見つめたまま、唇を重ねてきた。彼の舌が生き物のように侵入してくるのに少し遅れて、僕の後ろにも、指がぐいと差し入れられた。

「………んうっ……」

痛みに、腰が逃げを打つ。しかしジェレミーの右腕は、枷《かせ》のように僕の身体を抱いて離さなかった。

自分の中で、ジェレミーの節くれ立った長い指が、壁面を探るように動き回る。

その異物感は、とても「気持ちいい」と言えるようなものではない。僕はキスに悲鳴を吸い取られつつも、喉から呻きが漏れるのを抑えられなかった。

指の数が増やされ、抜き差しの深さが増す。いったん薄らいだ痛みは、指が二本になり、三本になると、また内股《うちまた》が引きつるほどにひどくなった。苦痛と違和感で、どうしても顔が歪《ゆが》み、涙がこぼれてしまう。

ようやく長い口づけをやめ、顔を離したジェレミーは、僕の表情から苦悶《くもん》を読みとったの

か、僕の中から指を引き抜いた。そして、至近距離から僕の目を覗き込んだ。

彼が、迷っているのは確かだった。僕を苦しめるつもりはないからこそ、彼はそれ以上ことを進めるのを躊躇っているのだ。

だが、彼が自分の衝動を必死でせき止めていることは、彼の顔もまた苦しげなことでわかった。

いつもは穏やかな彼の瞳に、獣じみた光を見つけて、僕は涙声ではあったけれど、ハッキリと告げた。

"I really want you."

僕が君をほしいのだからと。痛くても苦しくても、それは君を拒む理由にはならないのだと。短い言葉に、僕は想いをこめた。

それが伝わったのか、ジェレミーは僕の頬に音を立ててキスしてから、とても切なそうな顔で笑った。僕も、片手で涙をごしごしと拭《ふ》きながら、泣き笑いでそれに応《こた》えた。

僕は再び床の上に仰向けに寝かされた。ジェレミーの手が、僕の両足を腰が浮き上がるほど大きく広げる。

頭が低くなったのと羞恥《しゅうち》のせいで、顔がカッと熱くなった。

そうしておいて、ジェレミーは僕の足の間に身体を割り入れてきた。さっきまで指で丹念にほぐされていた場所に、彼の熱い高ぶりが押し当てられる。

覚悟はしていたつもりだった。しかし、それがぐいとねじ込まれたとき、僕は思わず悲鳴をあげた。

「い……痛ッ！　い……たいって……！」

日本語だったのだが、意味は通じたらしい。ジェレミーは、先端だけを収めたところで、いったん動きを止めた。宥めるように、僕の汗ばんだ額に幾度もキスが降ってくる。苦痛の涙を、ジェレミーの唇がついばむように拭《ぬぐ》ってくれた。

我慢してくれていることがわかっているので、僕はなんとか落ち着こうと、目を閉じ、深呼吸を繰り返した。緊張していたせいで、必要以上にそこが収縮していたらしい。

しばらくすると、耐えがたかった苦痛が、少しだけ和らいできた。

「いい……よ、ジェレミー……。続けて」

僕が頷くと、ジェレミーは少しずつ、熱い楔《くさび》を僕に打ち込んだ。力を入れてはいけないとわかっていても、つい、僕は彼の首筋にしがみつき、全身を強張らせてしまう。そのせいで、ジェレミーがすべてを収めてしまうまでには、かなり時間がかかった。

僕の中で、ジェレミーがドクドクと脈打っているのが感じられた。その熱が、僕の身体の奥から全身に広がっていく。

痛みは気が遠くなるほどで、おそらくは入り口が切れたのだろう。生温い液体が、そこから背中のほうへ伝うのを感じた。

「……くっ……う、ぐ、ぅくう……ん」

やがてジェレミーは、緩やかに腰を動かし始める。引き抜かれ、また貫かれるたびに、入り口は引きつれるように痛む。指とは比べものにならないその質感に、内臓がかき回され引っ張り出されるような気がした。

涙の溢れた目に、ジェレミーの顔が滲《にじ》んで映る。きつく眉根を寄せ、切なげに僕を見つめるその表情には、僕に苦痛を与えていることへの罪悪感と、この行為から彼が得ている快楽が綯《な》い交《ま》ぜになっていた。

「だい……じょぶ、だよ………あ……っ」

荒い呼吸をしながら、こみ上げる吐き気をこらえつつ、僕は言った。ジェレミーが頷いたかどうかを確かめる前に、僕自身に手をかけられ、僕は頭をのけ反らせてしまう。

前への愛撫はぐずぐずととろけるように快く、しかし後ろはといえば、絶え間ない苦痛と異物感を訴えていて……。僕はその相反する感覚に翻弄され、もう何も考えられなくなっていた。

ただ、徐々に激しく抜き差しされるジェレミー自身の熱さを感じつつ、苦痛と快感に喘ぎ続けるばかりだ。

「……あ……、はぁ、あっ……んっ」

それでも、抽挿が繰り返されるたびに、あれほど激しかった痛みが、ほんの少しずつ薄らいでいく。それとともに、前で感じる快感のほうが大きくなって、僕はいつしか再び硬く勃ち上がり、熱い雫《しずく》をこぼしていた。

首筋にかかるジェレミーの吐息も熱く、時折漏らす呻き声に、彼もまた、限界に差しかかりつつあるのだとわかる。

突然、しっかりと抱きかかえ直され、突き上げが急に深く激しくなった。

「あっ！　や、そん……な……う、ううッ、は、あ、あぁっ……！」

口まで貫かれそうなくらい強く突かれ、僕はもう、揺さぶられるたびに、声をあげるばかりだった。ジェレミーの口から、野獣の唸《うな》り声のような声が漏れる。

「ん……は、あ、ああァッ！」

ひときわ強く、これ以上ないほどの深みを突かれ、僕はジェレミーにすがりつき、大きくのけ反った。

「……ッ……」

ジェレミーが息を詰めた次の瞬間、自分の身体のいちばん深いところに、熱いものが迸《ほとばし》るのを感じた。ジェレミーの僕自身を握る手にも、ぐっと力がこもる。その衝撃で、僕自身も絶頂を迎えた。

「はうっ！　……ん、はっ…………ぁ……」

自分自身の熱がすべて吐き出されてしまうような激しい極みが去ると、僕はぐったりと床の上に倒れ込んだ。身体の奥には、まだ溶岩のように熱く、ジェレミーの熱が滾《たぎ》っているような気がする。

やがてジェレミーは僕を抱え起こし、彼の胸に抱き込んでくれた。

「……ジェレミー……」

目の前に、まだ呼吸が整いきらないジェレミーの端正な顔がある。乱れた前髪の下にある灰青色の目は、どこかに野生の光を残しつつも、今は限りなく優しかった。

ゆっくりと、唇が重ねられる。

「愛してる、コヨ」

ようやく、ジェレミーの声が聞けた。僕は、夢うつつのまま、彼に笑いかける。

下半身だけが、まるで自分のものでないようにジンジンと鈍く疼《うず》き、汗が引きかけた身体に、夜の寒さがしみた。それでも僕は、とても満たされて幸せな気分だった。

顔じゅうに、ジェレミーはキスの雨を降らせる。その合間に、熱い囁きが聞こえた。

「これで……俺だけの天使だ……」

その声に頷き、彼の胸に頭を預けて、僕はそっと目を閉じた……。

＊　　＊

目が覚めた途端、猛烈な頭痛が僕を襲った。全身がだるく、ゾクゾクと寒気がする。

「な……に……」

呻きながら寝返りを打とうとすると、額に大きな手が押し当てられた。その冷たさが心地よくて、僕はうっすらと目を開く。

潤んだ視界に映ったのは、ジェレミーの顔だった。室内には、明るい朝の光が満ちている。

嵐は去ったのだ。

「ジェレ……ミ……?」

もっとハッキリ呼びかけたつもりだったのに、僕の声は、ヒューヒューと隙間風のように微かで、掠れていた。

「ココ……」

ジェレミーは、ドロドロの服を着て、枕元の椅子に座っていた。一睡もしていないのが明らかな、憔悴《しょうすい》しきった顔つきをしている。

僕はそんな彼の様子に驚き、身を起こそうとして思わず息を詰めた。眩暈《めまい》と、腰に走った痛みのせいで、再び毛布の上に倒れ込んでしまう。

「ココ! 無理するなって。……大丈夫か」

ジェレミーは素早く僕を抱き留め、そうっと寝かしつけてくれた。そして、両手を僕の頭の横につき、真上から僕の顔をジッと見下ろした。

その顔を呆然と見上げているうちに、だんだん昨夜の記憶が戻ってくる。

そうだ。僕は昨夜、嵐の中、外に出ていったジェレミーを捜していて、教会の回廊で彼を見つけたんだった。そして……。

(そうか……僕……)

あの冷たい石の床の上で、僕はジェレミーに抱かれたのだ。互いの身体の熱さや、貫かれたときの痛みが、不意に鮮やかに甦り、頬が熱くなる。

いつしか、意識を失ってしまったのだろう。そして今、僕が寝かされているのは、宿の客室のベッドだ。

「あんたに風邪《かぜ》ひかせちまった。連れて帰って、すぐ着替えさせたんだけど、間に合わなかったみたいだ」

そういえば、僕が今着せられているのはジェレミーのTシャツだった。身体も汚れていない。彼が拭いてくれたのだろう。

ジェレミーは、僕の世話ばかり焼いて、自分はずぶ濡れのまま、ずっと僕のそばにいたらしかった。

「ジェレミーの手……冷たいよ」

「あんたが熱出して、身体じゅう熱いんだよ。ひどい汗かいてる」

ジェレミーの顔は近くに見えるのに、声はどこかうんと遠くから聞こえるように感じられた。それもまた、熱のせいなのだろう。

「コヨ、苦しいのか？」

「ちょっと……ね。でも、大丈夫」

僕は、シーツの上に置かれたジェレミーの手に、自分の手を重ねてみた。僕の熱が、彼の凍えた手を温められたらいいと、ぼんやり思ったのだ。

「コヨ……その……」

ジェレミーは苦しげに顔を顰めた。何か言いたくて言えない、そんな彼のために、僕は驚くほど冷静に、こう言っていた。

「なんだか……すごいところで、すごいときにしちゃったんだね、僕たち」

ジェレミーの全身が、ビクリと大きく震える。まさか、僕からそのことを口にするとは思ってもみなかったのだろう。

僕は、そんな彼の前髪についた枯れ草を、指先でそっと取ってやった。

「心配しないで。……ちゃんと覚えてるよね？　僕の言ったこと」

小さな子供に言葉を教えるように、ゆっくりと囁く。ジェレミーの目が、信じられないというように見開かれた。

「覚えてる。……でも、本当か？」

「うん。あの回廊で、滅茶苦茶になった君を見て、決心したんだ。今度は、僕が君を助ける番だって」

「コヨ……」

「生まれて初めて思ったんだ。自分に、誰かを助ける力があるって。ジェレミーをここから引っ張り上げてみせるって。……だって、僕はジェレミーが好きだから」

僕は、昨夜の自分の気持ちを、正直に言葉にしてみた。

「ちゃんと聞かせてほしい。ジェレミーの家族の人たちって、嵐の夜に、交通事故で亡くなった……そうなんだね？」

ジェレミーは、瞬きで頷いた。涙が一粒落ちて、僕の頬を濡らす。

「ああ。六つの秋で、あんな嵐の夜だった。俺は風邪をひいてひとり留守番していて……買い物に行った両親と兄の帰りを、じっと待ってた。渋滞に巻き込まれたんだろう、夜になっても帰ってこなくて……俺はとても心細くなって、玄関先まで出て、父親の車を待つことにしたんだ」

ジェレミーは、僕にぴったり寄り添うように、ベッドの端っこに肘枕で横たわった。そして、優しく僕の頬を撫でながら、遠い目をして話し続けた。

「俺んちは、低い丘の上に建ってた。家の前から下の交差点まで、真っすぐの下り坂を見下ろすことができたんだ」

僕は頷いて、ただジェレミーの背中を半ば無意識に撫で続けていた。触れ合ったジェレミーの身体からは、雨の匂いがした。

「もう、夜の九時を過ぎてた。風と雨がすごくて、昨夜みたいにすぐ近くに雷が落ちる音がして……怖くて、でも、俺はびしょ濡れになっても玄関に立ってた。待ってないと、みんなが帰ってこないような気がしてたんだ」

「わかるよ……」

「いつになっても、帰ってこなくてさ。一時間くらい待ってたかな。もう、身体とかガタガタ震えちまって。熱上がってたんだろうな、フラフラしてたんだけど、それでも家に入るのが嫌で、俺は頑張ってた」

「それで……どうなったの？」

「もう、待ちくたびれて、腹減って、倒れそうになった頃、ようやく交差点の信号に、父親の空色の車が見えたんだ。やっと帰ってきてくれたと思ったら嬉しくて、俺、そのまま坂道を駆け下りたんだ。覚えてる。息が荒くて熱くて、熱と走ってるのと両方のせいで、視界がユラユラしてさ。夢みたいに綺麗に、車のライトや外灯の灯りが滲んで見えた」

ジェレミーは深い息を吐き、肘枕を解いて、ぎゅっと僕を抱いだ。

「ジェレミー、言いたくなかったら……」

僕は息苦しさを堪《こら》え、力の入らない腕で、彼を抱き返して囁いた。彼があまりにつらそうで、見ていられなかったのだ。だがジェレミーは、微かに首を横に振った。

「誰にもしなかった話だけど、あんたには聞いてほしいんだ。そうして信号が変わって、父親は車を発進させた。助手席の母親が、俺に手を振るのが見えた。俺は、交差点の反対側で待ってて、車に乗り込むつもりだった。遅すぎるって泣いてやろうと思ってたんだ」

幼い頃のジェレミーは、いったいどんな子供だったのだろう。その頃から、頭のてっぺんの毛は立っていたんだろうか。そんなことを思いながら聞いていると、ジェレミーは低い声で呟くように言った。

「だけど、次の瞬間、横からすごい勢いでタンクローリーが突っ込んできて……。何が起こったか、一瞬わからなかった。でも、気がついたら、父親の車がオモチャみたいにグルグル回転して、止まったと思ったら、またそこにタンクローリーが突っ込んで、次の瞬間、ものすごい爆発が起こった。……俺は、熱い爆風で思いきり吹き飛ばされて、そのまま気絶した。

気がついたら病院だったよ」

「え……」

ジェレミーは、じっと僕を見て、大きな溜《た》め息をついた。

「軽い火傷《やけど》と打撲傷と風邪をこじらせた肺炎で、俺はしばらく入院してた。気がついてからずっと、俺は家族のことを主治医や看護婦に訊ねまくったよ。でも、誰も教えてくれなくて……。結局、ことのあらましを知ったのは、数日後だった。警察の人間が来て、話してくれたんだ」

「いったい……何があったの」

「タンクローリーの運転手が、心臓発作を起こして急死したらしい。……それで、思いきりアクセルを踏んだままのタンクローリーが、たまたま交差点を直進しようとした親父《おやじ》の車に、横から衝突したんだ。……タンクの中のガソリンに引火して、すごい爆発だったらしい。通行人が何人か、巻き添えで死んだってさ。俺の怪我は、奇跡的に軽く済んだと言われたよ」

ジェレミーはつらそうに、しかし淡々とそれだけ言って、口を噤《つぐ》んだ。なんだか僕のほうが泣きそうになる。

「じゃあ、ご家族は……」

「鎮火後に、黒焦げの車の中から、これまた黒焦げになった両親と兄の遺体が発見されたそうだ。俺は会わせてくれって泣いたけど、許してもらえなかった。……よっぽどひどい状態だったんだと思う。俺が覚えてるのは、視界いっぱいに吹き上がった、真っ赤な火だ。その中で、きっと俺の家族は、生きたまま焼け死んだ……」

「ジェレミー……」

「それからずっと、雷の夜には、あんなふうにおかしくなる。……大きな火柱を見ても……映画で爆発シーンを見ても、冷や汗が出て、頭がガンガンして、怖くてたまらなくなるんだ。……死ぬんじゃないかと思うくらい、動悸がして……」

僕はもう何も言えなくて、ただ、力いっぱい目の前の温かい身体を抱きしめるしかなかった。

ようやく、昨夜の彼の錯乱の理由がすべて理解できた。ジェレミーは、心に大きな傷を受け、誰にもそれを癒してもらえないまま、ずっとひとりで生きてきたのだ。

そう思ったら、僕の目から、堰《せき》を切ったように涙が溢れてきた。

「……あんたが泣くこたないぜ、コヨ」

ジェレミーは、僕を柔らかく抱き、頭を撫でてくれた。僕は、しゃくり上げるのを必死で我慢して、ジェレミーの顔を見上げた。

「夜中に目が覚めて、君がいなくて、ものすごく心細い自分に気がついた。ずっとさ、君に抱かれて寝るのは、君がそうしたがってるからだって思い込もうとしてた。……でも、君がいなくなったとき、わかったんだ。僕も、それを望んでるんだって。僕が、君に抱きしめられたいんだって」

「……コヨ……」

「回廊で……その、したときも。ジェレミーが求めたのが僕で、嬉しかった。もう家族を持ちたくないなんて言わせないって思った」

僕は、一息に言った。いつにない強い調子に、ジェレミーは絶句しているらしかった。それでも僕の口からは、言葉が次々に溢れてきた。今伝えなくては。今言わなくては。そんな気持ちが、僕を突き動かしていたのだ。

「君に、僕を失わせない。僕は君の傍にいる。君が僕を大切に思ってくれるように、僕だって君が大事だから。好きだから。……君に、僕を信じさせてみせる。そう決めたんだ。僕は、君の前からいなくなったりしない。どんな君だって受け入れる。……僕がどんなに君が好きか、僕の身体で君に教えたかった。……僕自身にも。だから……僕たちは、あそこで、『家族』になったんだよ、ジェレミー」

「……家族……」

ジェレミーは、呆然とした顔で呟いた。僕は頷き、彼の背中をゆったりと撫でた。

「君が僕を支えてくれたように、僕も君のこと、支えられるようになりたい。君が大好きだから。君のこと、もう失えないから」

それ以上、もう言えることはなかった。僕は溜め息を一つつき、ジェレミーの胸に、こつんと頭をぶつけた。

「……ありがとな、コヨ」

そんな囁きとともに、僕の顎は優しく持ち上げられた。

「……ジェレミー……」

「俺は……ただの弱虫だったのに、俺のことを受け止めてくれてありがとな。怖がって逃げてばかりだった俺だったのに、好きだって言ってくれてありがとな。力いっぱい叱《しか》ってくれて……ありがとな」

今までいちばん優しいキスが、そっと唇に降ってくる。

「これまでもずっと、嵐の夜はひとりになれる場所へ逃げて、頭抱えてずっと泣いてた。気が狂いそうだった。苦しくて転げ回ってた。……でも、そんな思い、誰にも分かち合ってほしくなんかなかった。同情なんかいらないって思ってたんだ。……けど、あんたが来てくれたとき……俺の名前呼んでくれたとき、本当に天使が来たと思った……」

「僕は、天使なんかじゃ……」

「俺にとっては天使だよ。……あんたが、自分の羽根をもげって言った、そこからは本当に夢心地でさ。あの嵐が怖くなかった」

「……本当に？」

今度は僕が驚く番だった。ジェレミーは、少し照れくさそうに、涙に濡れた目をパチパチさせて笑った。

「ああ。あんたが腕の中にいる……そう思ったらあの発狂しそうな恐怖を忘れられた」

「ジェレミー……」

僕の目から新しい涙がこぼれたのを見て、ジェレミーは焦ったように、僕の前髪をかき上げ、顔を覗き込んできた。

「なんで泣くんだ。……俺、何かまずいことを言ったか？　それとも苦しいのか？」

「……違うよ。嬉し泣き」

僕が泣き笑い状態でそう言うと、ジェレミーは、

「はー……脅かすなよ」

と呻き、もう一度、僕の唇に軽いキスをした。今度は僕もそれに応える。お互いの涙で、キスは塩辛かった。

「熱、ちょっと上がったみたいだな。……もう少し眠れ。それとも、医者呼ぶか？」

しばらく抱き合ったあと、ジェレミーはそう言ってベッドから下り、枕元の椅子に腰かけた。

「ううん、いい。……寝てれば治るよ」

僕はかぶりを振り、ジェレミーの顔を見て言った。

「不思議だね。あんなふうに『する』ことになるなんて思いもしなかったけど……でも僕、わかったんだ」

「……何が？」

僕の額の汗を濡らしたタオルで拭いてくれながら、ジェレミーは穏やかに問いかける。

僕は、自分でも驚くほど素直に答えることができた。

「僕さ、これまで……えと、セックス、ってすごく生々しいものだって思ってたんだ。気持

ちいいとか悪いとか、感じるとか感じないとか、そういうさ、なんて言ったらいいのかな」

「欲望？」

「あ、そんな感じ。欲望をぶつけ合うのがセックスだって思ってた。……でも、そうじゃないのもあるんだってわかったんだ」

「……それは……昨夜の俺とのことか？」

僕は、恥ずかしさを堪え、ジェレミーの顔をじっと見たまま頷いた。風邪のせいではない熱が、頬に集まってくるような気がした。

「うん。なんだかね、そういうんじゃなかったんだ、昨夜のは。セックスって、言葉よりずっとストレートに、自分の心に素直に会話するための手段でもあるんだなって」

ジェレミーは、真剣な顔で頷く。

「嵐のせいで、世界に二人きりしかいないような気がしてさ。そこで、これ以上ないところまで僕ら、近くなった。……言葉より全然ハッキリと、僕は君への気持ちを伝えられたと思う。君の気持ちも伝わってきたような気がする。……上手く言えないけど、お互いの心を繋《つな》ぎ合うようなセックスってのもあるんだな、って思った」

「ココ……」

「身体を繋いだときに、心も繋がって、そうして僕の中には、君の心が流れ込んできた。……だからさっき、君の家族が亡くなったときの話を聞いて、僕泣いちゃったんだよ。……きっと、僕の中の小さなジェレミーが泣いてたんだ……」

ジェレミーは上体を屈《かが》め、僕の額に唇を押し当てた。耳元に、熱い吐息がかかる。

「俺の中にも、きっとあんたの心が住み着いちまったんだな」

「……え?」

「もう……あんたは俺の一部なんだよ。そして、俺はあんたの一部。手放せない」

声は静かだったが、その言葉は、僕を驚かせた。

「それって……どういうこと……?」

「あんたが……昨夜、あの嵐の中で、俺を呪《のろ》いから解き放ってくれたんだ。俺はもう……嵐に怯えない。失うことを恐れて、大切なものから逃げ続けることも……もう、しない」

「ジェレミー……」

「ずっと傍にいるよ、コヨ」

そう囁いて、ジェレミーはいつもよりくたびれた、しかし晴れやかな笑顔を見せた。

「だから、ぐっすり眠れ」

「……ダメだよ」

僕は、クスリと笑って、至近距離にあるジェレミーの高い鼻を、ぎゅっと摘んだ。

「僕は寝てるから、ジェレミーはちゃんとお風呂に入って、新しい服着なきゃ」

「……そうだな。あんたが寝ついたら、そうするか」

そう言って、ジェレミーは僕の頬にキスし、椅子に座り直した。僕は、ジェレミーに笑いかけてから、目を閉じた。正直を言えば、さっきからずっと全身がだるく、瞼が重かった。

視界が遮断されるなり、すごい勢いで睡魔が襲ってくる。でもこのまま眠ってしまうのがもったいなくて、僕は毛布から手を出し、ジェレミーのほうへ伸ばした。すぐに、ジェレミーの大きな骨張った手が、僕の手を受け止め、柔らかく握ってくれる。

やがてジェレミーは、微かな低い声で、歌を口ずさみ始めた。それは、ストーンヘンジへ行く途中でカーラジオから流れてきた、エンヤの「カリビアン・ブルー」だった。

その歌声の心地よさと、ジェレミーの手の温もりに安心しきって、僕は熱に浮かされながらも、安らかな眠りに落ちていった……。

幸い、僕の熱は、翌日には下がった。ジェレミーの手当が早かったおかげで、本格的に風邪をこじらせずに済んだらしい。

そこで僕らは、翌々日の朝、宿をチェックアウトして、帰路についた。

道路から見える景色は、やはりイングランドのエヴァーグリーンだ。

「まだ本調子じゃないんだろ？　かまわないから、寝ちまえよ」

ジェレミーはそう言ったが、僕はかぶりを振った。

「もったいなくて眠れないよ」

「帰ってまた寝込んでも知らないぜ？」

「大丈夫だって。……それに、寝込んでもジェレミーがいるもん」

「おいおい。俺は仕事だってての」

　ジェレミーは、呆れたように苦笑いする。僕も笑いながら言い返した。

「違うよ。寝込んじゃっても、夜になったらジェレミーが帰ってくるんだって思ったら、全然不安じゃないって言ってるんだ」

「……コヨ」

　ジェレミーは、車を少し減速させて、片手で僕の頭をクシャリとかき回した。

「何？」

「家族なら……。家族なら、どんなに離れても、絆《きずな》は消えない。……だろ？」

「う……うん」

　ジェレミーが何を言おうとしているかわからず、僕は曖昧に答える。ジェレミーは、前を向いてこう続けた。

「だから、あんたが日本に帰っても大丈夫……と言えるほど、俺は残念ながら、心が広くないんだ」

「ジェレミー……」

「ここにいろよ、コヨ。ずっと、ここにさ。……ここで何すんだって言われたら、俺まだ何も言えないんだけど」

「でも……ジェレミー」

「わかってる。実際的な問題はいろいろあるんだよな。……でも……」

「でも？」

「何か考えようや。……お互いの夢を追いかけながら、一緒にいる方法をさ」

「……そんなの、あるのかなあ」

僕はやはりちょっと不安になって、そう呟いてしまった。

「おいおい。俺から離れないって言ったのはあんただぜ？　頼りない天使だな」

「そ、そりゃそうなんだけど。そうは言っても……」

「二人ともの前に、分かれ道は何本もあるんだ。太いのも、細いのもな。一本くらいは、どこかで合流してたって悪かない。……いざとなりゃ、俺が日本に行くって手もある。まだ、リミットまでに時間はあるだろ？　考えようぜ。二人で考えりゃ、何か出てくるさ」

「……そうだね。そうだよね」

僕は、あまり体重をかけすぎないように、ジェレミーの左肩に、そっともたれかかってみた。

しばしの沈黙の後、ジェレミーが煙草に火をつけ、ボソリと言った。

「あんたが本当に天使だったら、俺は今すぐにでも、神様に言いに行くのにな。『俺がこいつの羽根をもいじまったんで、返せません。これはもう俺のもんです』ってな」

「あはは。それ、いいね」

たわいなく笑いながら、僕はもう一度決心する。

この先、どうなるかはわからないけれど、僕たちはずっと「家族」なのだと。

僕はジェレミーを失わないように、そしてジェレミーが僕を失わずに済むように。僕たちは自分たちの夢を追いかけながらも、お互いとともにあるために、一生懸命道を探り続けるのだ。

そんなことを思っていると、ジェレミーがやおら真面目な顔で口を開いた。

「なあ、コヨ。これは俺のアイデンティティにかかわることだから言うんだけどな。家に帰って、あんたがすっかり元気になったら」

「ん……何?」

アイデンティティ、なんて言葉を聞いて、僕は思わず姿勢を正す。ジェレミーは真剣な口調で、前を見たままこう続けた。

「俺の名誉にかけても、次は一晩かけて、あんたがちゃんと気持ちよくなるセックスをしような、コヨ」

「……馬鹿ッ！」

僕はたちまち火を噴いた頬を隠すようにそっぽを向き……そして、小さく小さく、頷いたのだった……。

スイート・ドリームズ

開け っ放しの窓から、潮の匂《にお》いの夜風が吹き込んでくる。素肌には少し冷たすぎるその風を遮るように、互いの胸が触れ合った。揺れるカーテンから、わずかな月明かりが暗い部屋に差し込む。汗に濡《ぬ》れた肌が、鈍く光った。

「ん……あ、はッ……」

我慢しようと思うのに勝手に漏れてしまう声が、信じられないくらい甘い。なんだかもうたまらなかった。僕は、嵐《あらし》の海に翻弄《ほんろう》される水夫が船のマストにしがみつくように、目の前の男に縋《すが》りついた。見た目よりずっと広い肩に、思いきり爪《つめ》を立てる。

「つッ。……痛いぜ、コヨ。やめろってか？」

僕を組み敷いているジェレミーが、荒々しい息を耳に吹き込む。動きを止められると、繋《つな》がっている部分の熱さばかりが感じられる。

「いいのか？」

からかうように囁《ささや》かれて、何度も頷《うなず》く。緩く何度か突き上げられ、むず痒《がゆ》い快感に、僕はぎゅっと目を閉じ、息を詰める。その無駄な我慢に、ジェレミーは掠《かす》れた声で笑った。

「ちゃんと言葉で言えよ。……あんた、セックスのときは、英語を忘れるんだな」

「忘れてる……んじゃなくてッ、英語考える余裕がない……んだって、ば」

「まだまだそれじゃ駄目だ。一日じゅう、英語でものを考えて暮らす練習してるんだろ」

「ジェレミー……こんなときに、意地悪しないでって……あッ」

前をやんわりと撫《な》でられ、思わず声が漏れる。こっちを見ろと囁かれ、痛いくらいつぶっていた瞼《まぶた》を開くと、至近距離に、ジェレミーの灰青色の瞳《ひとみ》があった。いつも笑っているその目が、今は切なげに細められている。頬《ほお》にかかる息の荒さで、彼にも言葉ほどは余裕がないことがわかった。

「意地悪してるんじゃない。……俺がゾッとするほど気持ちいいからさ、あんたにもそうなってほしい。そうしてやりたい」

「ジェレミー……」

「してほしいこと、言えよ。恥ずかしいことじゃないだろ？」

「頭では……そりゃ、自然なことだってわかってても……」

いくら「セックスはコミュニケーションの手段」だとわかっていても、なんの照れもなく「そこを触ってほしい」とか「もっと深く」とか、そんなことを平気で言えるはずがない。

「わかってても？」

「仕方ないだろ、恥ずかしいものは恥ずかしいんだよッ！」

噛《か》みつくように答えると、ジェレミーはちょっと吃驚《びっくり》したように目を見開き、それから声をあげて笑った。笑い声が繋がったところから僕の身体《からだ》の中にまで響いて、僕は思わず彼の肩に立てた爪に力をこめてしまった。ジェレミーが、小さな声を漏らす。

「痛いぞ。やれやれ、それがジャパニーズの奥ゆかしさってやつか？　とても言葉では言えないって？」

「ジェレミー……お願い、だから」

僕に言えたのは、それだけだった。限界近くまで上りつめたところでこんなふうに焦《じ》らされると、快感と苦痛が同じだけ混ざり合って身体の中でグルグル渦巻き、結局のところ苦しいばかりなのだ。

「“please”か。礼儀正しいな。……お願いだから、なんだよ」

あくまで僕に何か具体的なことを言わせるつもりらしい。ジェレミーは、自分も限界ギリギリの掠れた声で囁いて、僕の耳に軽く歯を立てる。僕は、必死の思いで声を絞り出した。

「たすけて……」

それ以上もう何も言えず、ジェレミーの裸の胸に顔を押しつける。

「……いい子だ」

“That's my baby.”という声が聞こえたかと思うと、いきなり深く抉《えぐ》られた。

「ああっ！　……ん、んう……」

ジェレミーはもう何も言わなかった。ただ、僕の身体を内側から突き崩そうとでもするかのように、熱い楔《くさび》を何度も何度も、凄《すさ》まじい勢いで叩《たた》きつけてくるだけだ。その熱が、僕の全身をぬめった膜で包み、熱い沼の中へと押し込んでいく。

「も……、もう、駄目、無理だ……って……」

僕は必死で限界を訴えたが、それにも答えはなかった。ただ、ひときわ深く、これ以上ないところまで突き入れて、ジェレミーは動きを止めた。身体の奥底で感じる熱と、痙攣《けいれん》する彼の下腹部が、そこに密着した僕自身もほぼ同時に絶頂へと導いていく。

「あぁッ！　……あ、は……ぅ」

弛緩《しかん》した僕の上に、ゆっくりとジェレミーが覆い被《かぶ》さってくる。僕は、ジェレミーの背中を抱いて、乱れた呼吸を整えようとした。いつもそうするように、ジェレミーは野獣じみた息を隠しもせず、僕の顔にキスの雨を降らせる。

「なあ……どうだった？」

「……そ、そんなこと……」

僕は羞恥《しゅうち》に顔を逸《そ》らそうとしたが、彼は片手で僕の顎《あご》を掴《つか》み、それを許さなかった。

「こら、逃げるな。ちゃんと答えろ」

「だって……。どうしてそんなこと……訊《き》きたいのさ」

「知りたいからに決まってんだろ。正直な話、不安なんだ。国が違うと、感じ方とか……その、やり方とかが違うんじゃないかと思ってさ」

ジェレミーは、汗で額に貼《は》りついた僕の前髪を優しく掻《か》き上げながら、そんなことを言う。せっかくおさまりかけていた鼓動が、また少し速くなった。

「ジェレミー……」

「それなのに、あんたは何も言ってくれないし。声出すのだって我慢するだろ。俺ばっかり気持ちいいんじゃ、いつかの約束が果たせないじゃないか」

「いつかの約束……って……あれ？」

そう、ウェルズからブライトンに帰る道すがら、ジェレミーは言ったのだ。「次は一晩かけて、あんたが気持ちよくなるセックスをしような」と。その言葉にはひとかけらの嘘《うそ》もなく、僕は実際、彼に抱かれるたびに泣かされっ放しだというのに……。

僕の表情の変化を見て、ジェレミーは満足げに笑った。

「ちゃんと覚えてたのか。偉いぞ」

「……馬鹿。覚えてるし、そのとおりに……なってる、ってば」

「そう……なのか」

「そうだよッ」

僕はいたたまれなくなって、ジェレミーを押しのけると、毛布にくるまって彼に背を向けた。数秒間の静けさの後、ゴソゴソと音がして、力強い腕が背後から僕を抱きしめる。

「それ聞いて、安心した」

「……ごめん」

「いいさ。……たまに素直になってくれれば、それでいい」

背中に、ジェレミーの体温を感じる。昼間なら暑くて耐えられないだろうが、幸い夏でも夜は涼しいブライトンだ。汗が引いた素肌には、人の温もりが嬉《うれ》しかった。

「シャワー行く前に、ちょっとだけ……な？」

そんな言葉に、僕は頷いて目を閉じた。

ちょっとだけと言いながら、寝つきのいいジェレミーは、きっと朝までこのまま眠るだろう。せめて僕だけでも今のうちにシャワーを浴びておいたほうがいいだろうし、実際、乾きかけた汗がベタベタして気持ちが悪い。……そう思いつつも、何度も上りつめさせられた身体は疲れきっていて、もう指一本動かすのも億劫《おっくう》だった。

「ちょっとだけ。……うん、僕もちょっとだけ、寝る」

そう呟《つぶや》いて、僕も睡魔の誘惑に身を任せた。おそらく、次に目を開けたとき見えるのは、朝の白い光だろうと思いつつ……。

イギリスで初めて迎えた夏。僕とジェレミーは、相変わらずの日々を過ごしていた。

僕は毎日英語学校へ行き、ジェレミーは、大学とアルバイト先のアズダ・スーパーマーケットと自宅を行き来する。

朝食と夕食はできる限り一緒に摂り、家事は適当に分担してこなした。毎晩ジェレミーは僕を抱きしめて眠り……僕らは時々、彼言うところの「二人ともが気持ちよくなるセックス」をした。そして、次の朝はきまって、二人とも少し寝坊をした。

そう、僕ら二人はいつもどおりの生活をしていたけれど、僕らの住むブライトンの町は、夏を迎えて確実に変化した。

そもそもブライトンは、十八世紀にイギリス初の海水浴場が開かれてから、リゾート地として栄えてきた町らしい。何しろ、町のシンボル的存在であるロイヤル・パビリオンという異国情緒たっぷりの建物からして、ジョージ四世が避暑を楽しむために建てた離宮なのだ。

だから、七月の半ばを過ぎた頃、町は突然、活気づき始めた。駅には遠方からの観光客が到着し、ウエスタン・ロードやザ・レーンズといったショッピングゾーンは人で溢《あふ》れ返った。長いビーチにも海水浴や日光浴を楽しむ人たちがたくさん現れ、それまで閑散としていたマリーナも、徐々に賑《にぎ》やかになった。

僕らが暮らしている部屋は、マリーナに何棟か点在するホリデイ・フラットの一つ「マリナーズ・キー」の中にある。これまでは二十五ある部屋の中で、入居者がいるのはせいぜい五室くらいだった。それが夏休みに入るなり、満室状態になったのだ。廊下やエスカレーターでしょっちゅう人と出くわすようになり、これまでは静かなひとときを過ごせたマリーナのパブも、座る場所を探すのさえ困難なほど繁盛するようになった。

そう、僕ら自身にはなんの変わりもなくても、環境の変化が、僕らの暮らしに確実に影響を及ぼしつつあった。

町を歩く人が増えたのと同様に、僕の通う英語学校にも、夏休みを利用して英語を習いにくる生徒たちがどっと押し寄せた。いつもはビジネスマンが多い学校が十代の子供たちでいっぱいになり、学校は急に賑やかになった。いきおい、学校が主催するアクティビティも増える。勉強するにはやや落ち着かない雰囲気ではあったが、正直に言えば、やはり遊びの機会が増えたのは楽しいことだった。

反対にジェレミーにとっては、夏は厄介な季節らしかった。大学での研究は順調らしいのだが、アズダでの仕事が倍ほど忙しくなったのだ。何しろ、ホリデイ・フラットに滞在する客たちが、こぞってアズダに買い出しにやってくる。考えただけでも大変な客数の増加だ。

「商品の回転がすごいんだ。一日じゅう品物を補充し続けなきゃならないし、レジだって気を抜けるときがない。疲れるよ」

滅多に愚痴を言わないジェレミーが、疲れきった顔で帰宅して、そんな弱音を吐いたことがある。出迎えた僕を抱きしめてキスしてからは、いつもの彼に戻ったのだが。

まあそんなこんなで、僕らは町全体を包む活気に煽《あお》られるように、忙しい日々を送っていた……。

八月になったばかりのある金曜日。

学校からの帰り道、僕は習ったばかりの「道案内」のやり方を、学校から僕のフラットまでに当てはめて考えながら歩いていた。

「学校の玄関を出て左、マリン・パレードに出たら左折。ここまでは簡単なんだよなあ」

そう、学校からフラットのあるマリーナの入り口まではほぼ一本道で、迷うところはどこにもない。ただ、そこからフラットまでの道のりはやや入り組んでいて、目印になる店の名前をいくつも織り込まなくてはならない。かなり苦戦しそうだ。

「うーん……。暑いから、頭が上手く動かないや」

僕は都合のいい言い訳を口にして思考を中断し、海のほうを見た。大通りからマリーナへ続く、緩い下り坂。その手前に、女の子が三人立っていた。二人は白人、ひとりは黒人で、三人ともおそらくティーンエイジャーだろう。

マリン・パレードからはずっとビーチが見下ろせるのだが、マリーナ近くの一角だけは、高い植え込みに邪魔されて、何も見えない。三人の女の子たちは、ほとんど茂みに頭を突っ込んで、熱心に向こう側……おそらくはビーチの一角を覗《のぞ》いているらしかった。

（そういや、今まで別に気にもしてなかったけど、あそこからは何が見えるんだろう）

僕は不思議に思いながら、彼女たちのほう……というより、それが帰り道なのだ……へ近づいていった。すると彼女たちは、茂みから頭を出したかと思うと、互いに顔を見合わせ、「きゃーッ」と凄まじい声をあげた。

悲鳴かと思って肝を冷やしたが、彼女たちは逃げ出しそうな様子ではない。それどころか、何度も植え込みの向こうを覗き直しては、盛んに大声をあげる。どうやらそのけたたましい声は、嬌声《きょうせい》……であるらしかった。

僕は、あまりにもあからさまに驚いた顔で彼女たちを凝視していたのだろう。少女たちはほぼ同時に僕に気づくと、やっぱりきゃーきゃー大声をあげ、互いを叩き合いながら、大笑いして走り去っていった。

「……なんなんだよ、いったい」

僕はしばらく呆気《あっけ》にとられて少女たちの後ろ姿を見送っていたが、やがて好奇心に駆られて、植え込みに近づいた。彼女たちと同じところに立ち、よく茂った枝の隙間《すきま》から、ビーチのほうを覗き見る……と。

「うわッ！」

狭い葉っぱの隙間から垣間見《かいまみ》えた光景に、僕は思わず驚愕《きょうがく》の声をあげてのけ反っていた。

目の前に広がる景色は、当然砂利のビーチと、青い海。そこまでは予想どおりだ。だが、予想外だったのは、そこにいた海水浴客たちの姿だった。

十人ほどいるその人たちは皆、大人の男で……そして、全員が真っ裸だったのだ。

「な……なんなんだあの人たちは……」

白昼堂々、彼らはフルヌードでビーチに寝そべったり、泳いだり……そして、その、軽く戯れたりしている。

人間、驚きすぎると見ているものから視線が逸らせなくなるものだ。呆然《ぼうぜん》としていると、そのあまりにも不躾《ぶしつけ》な視線に気づいたのか、フレディ・マーキュリー風のマッチョな裸男が、クルリと振り向いた。僕と目が合うなり、その男はウインクして、こっちに来いよと言うように手招きする。その連れらしきこれまた筋肉隆々の男も、片手をかざして僕を値踏みするような視線を投げてきた。二人とも……そのご立派な「前」を隠そうともせず、堂々と僕に披露している。

「じ……冗談じゃないよ……」

僕は慌てて茂みから頭を引き抜いた。ハッと周囲を見ると、道行く人々が胡乱《うろん》げに僕をチラチラ見ながら通り過ぎていく。

（これって……もしかして僕、覗きをやってたってことに……）

我に返った瞬間、ものすごい勢いで顔に血が上った。照りつける夏の日差しも手伝って、そのまま卒倒しそうになる。

歩道の手摺《てす》りに手をつき、なんとか眩暈《めまい》をやりすごした僕は、ヨロヨロと走り出した。まるで、テレビドラマの殺されかけた人のような情けない姿なのはわかっていたが、羞恥と驚きでひどく混乱していたし、とにかくそこから一秒でも早く遠ざかりたかったのだ。

今にも転びそうな僕の姿を、すれ違った人々は不思議そうに見る。だが、そんなことを気にする余裕もなく、僕はほうほうの体《てい》でフラットに逃げ帰ったのだった……。


その夜、僕は帰宅したジェレミーを玄関に飛び出して出迎えた。数時間前のことを、話したくて話したくて仕方なかったのだ。

「おかえり！　あのさ、今日僕、すごいもの見ちゃったよ、ジェレミー」

「ああ？　何そんなに興奮してんだ？　あー、それにしても暑かったな今日は」

ジェレミーは怪訝《けげん》そうに眉《まゆ》をひそめながら、さっさとベッドルームへ着替えに行ってしまう。僕は喋《しゃべ》りながら、彼のあとを追った。

「だってさ。僕、もうちょっとで覗き魔になっちゃうところだったんだ」

そんな僕の言葉に、Tシャツをバサリと脱ぎ捨てたジェレミーは、面白そうに僕を見遣《みや》った。

「あんたが覗きだって？　おいおいコヨ、何をやらかしたんだ。いったい、どこでどんな悪さをしてきた？　ジャパニーズの奥ゆかしさは、どこへ行っちまったんだよ」

「嫌だな、悪さなんかしてないよ。ただ、学校の帰り道に……」

僕はジェレミーの裸の胸を小突き、台所に引き返した。新しいシャツに袖《そで》を通したジェレミーが、少し遅れて現れる。

僕は、チキンのトマト煮を皿に盛りながら、数時間前に見たビーチの光景についてジェレミーに話して聞かせた。ジェレミーは、スチーマーから熱々のジャガイモとブロッコリーをフォークで突き刺してチキンの隣にどっさり載せ、テーブルに運んで、愉快そうに笑った。

「なんだ、あんた知らなかったのか」

「……って、何を」

「この街には、この国で一番大きなゲイ・コミュニティがあるってことをさ」

「ええ？　そうなの？」

「ああ。……旨《うま》そうだな、これ。冷めないうちに食おうぜ」

なんでもないことのようにそう言って、ジェレミーはフォークを取り上げた。僕も向かいに座って夕飯を食べながら、先をせがんだ。ジェレミーは、ジャガイモを皮ごと切って溶かしたバターをまぶしながら、こう言った。

「ゲイばかりが集まるパブがいくつかあるし、クラブにだって、月に何度かゲイ・ナイトがある。男でも女でも、とにかく同性どうしのカップルでなきゃ入れない日だ。……面白くはあるが、わざわざそれに拘《こだわ》る必要もないと思ったから、あんたを連れてったことはないけどな。もしかして、行ってみたかったか？」

「……うん、べつにいい。連れてってくれなくて、よかったよ」

夕方から数時間煮込んだチキンはしっとり柔らかく、水煮トマトの缶詰を使ったソースも申し分なかった。我ながら上出来だ。僕たちは、喋りながらも食事を口に運ぶ手を止めなかった。

「で、今日、あんたの見たそれはさ、ゲイ専用のヌーディスト・ビーチだよ」

「ええっ！」

僕は驚いて聞き返した。

「ゲイ専用のヌーディスト・ビーチ⁉　そんなものまであるの？」

「あるさ。あそこは、ビーチの端で、茂みに隠れて表通りからは見えない。おあつらえ向きの隔離場所ってわけだ。ま、興味本位で覗くあんたみたいな奴もいるけどな」

「ち、違うってば！　僕はわざと覗いたわけじゃ……ただ、あの女の子たちがあんまり嬉しそうに見てたから、なんだろうって思っただけで……」

「そのわりに、向こうに気づかれるくらい、しげしげ見てたようじゃないか」

「それは、だから、なんていうか、怖いものほど視線釘《くぎ》づけになるじゃないか。それだけのことなんだってば」

僕は真っ赤になってフォークとナイフを振り回した。ジェレミーは面白そうにそんな僕を見て、冗談だ、と言った。

「わかってるって、あんたにそういう趣味がないってことくらいはな。……けど、その気がないなら、間違ってもあそこへひとりで行ったりするなよ。マッチョなお兄さんたちに、ケツの毛まで抜かれるぜ。あんたはとにかく"cute"だからな」

「行かないよッ！　だいたい僕は、ジェレミーが大好きなだけで、ゲイじゃないし……ほかの男には興味なんか全然ないんだからね！」

興奮して、つい正直な告白をしてしまった。一瞬ポカンとしたジェレミーは、すぐにニヤニヤと笑ってテーブルに片肘《かたひじ》をついた。

「へえ。コヨがそんなにストレートに嬉しいことを言ってくれるなんて、驚きだ。あの夜以来、そんな熱い言葉は聞けなかったもんな」

あの夜……ウェルズでの嵐の夜のことをさりげなく口にされて、僕はますます頬が熱くなるのを感じた。まったく、今日は赤面してばかりだ。

あのとき、錯乱したジェレミーを宥《なだ》めようとしているうちに、いつしか自分の心まで剝《む》き出しにされていた。これまで、「いい子」という分厚い鎧《よろい》の下に隠されていた僕の心が、真っすぐ彼の心にぶつかっていったのだ。

あの夜がなかったら、僕は僕の本当の強さを知らないままだっただろうし、ジェレミーが好きだという気持ちにも、気づかないふりを続けていたと思う。ジェレミーにしても、あんなことがなければ、僕に真の姿を……傷つきやすくて寂しがりの少年の心を見せてはくれなかったかもしれない。

だからあの夜は、僕ら二人にとって本当に大切な、決して忘れることのできないターニングポイントなのだ。それは僕だって、よくわかっている。

それでも、彼が好きな気持ちは少しも変わらないとはいえ、日頃からそんなに「好きだ」を連発するようなことは、僕にはできない。いくら自分が熱い奴だと気づいたからといって、それでガラリとキャラクターが変わるわけではないのだ。

そんな僕の気持ちを表情から読んだのか、ジェレミーは困ったような笑顔になった。幅の狭いテーブル越しに、僕の鼻を指先でピンと弾《はじ》く。

「そんな顔するなよ。ちょっとからかっただけだ。……嬉しかったのは、本当なんだぜ？コヨは、なかなか気持ちを言葉にしないから」

「ん……ごめん。そうだよね、ジェレミーはなんでも思ったことを言葉で教えてくれるのに、僕は言わなさすぎるかもしれない。黙ってても伝わってほしいって、つい我儘《わがまま》なこと考えちゃうんだ」

「確かに、コヨの目は、口よりずっと正直だけどな。でも、時々は言葉で聞きたいって気持ちもわかるだろ？」

僕は、素直に頷いた。

「わかる。ジェレミーは、僕にとっていっぱい嬉しい言葉をくれるから……僕も、そうしたいと思ってる。……だけど」

「わかってる。ココはシャイだし、おまけに英語は外国語だもんな。気分にピッタリくる言葉が見つからないことだってあるさ」

「それもあるけど……。ううん、やっぱりもっと、思ってることを言葉にする努力をするよ。まだ出来たてホヤホヤの家族だもん、目だけでちゃんと気持ちが伝わるようになるまでには、もっと時間がかかるよね」

「そうだな」

ジェレミーは笑顔で頷き、食べ終わった皿を重ね始めた。僕はすかさず、その皿を引き受けて腰を浮かせる。

「いいよ、僕がやる。ジェレミー、疲れてるんだから」

僕は、食器を流しに置き、蛇口を捻《ひね》った。

日本なら茶碗《ちゃわん》だ小鉢だ皿だ汁碗だと、食事一回ごとにずいぶんたくさん洗い物ができてしまうが、イギリスの食事は、基本的にワンディッシュ、つまり大きな皿一枚に一切合切を盛りつけて出すのが一般的らしい。

だから、今日の洗い物も本当に少ない。大皿二枚に、グラスが二つ。フォークとナイフが二組。それにスチーマーと鍋《なべ》を洗うだけだ。残ったチキンと野菜は、明日ジェレミーが弁当に持っていくので、タッパーに詰める。

「お茶飲む？」

皿を洗いながら声をかけると、ジェレミーは「うーん」と中途半端な返事をして立ち上がった。洗い物をしている横から電気湯沸かしに水を入れ、スイッチを入れる。

「動くのが面倒なら、僕がやるよ？　もう洗い物終わりだし」

僕がそう言うと、ジェレミーは頭を振って僕の頭にポンと手を置いた。

「そこまで疲れてないから、心配すんな。ただ、コーヒーにしようか紅茶にしようか迷ってただけだ。あんたは？」

「コーヒーがいいかな」

「そっか。じゃ、俺もコーヒーにしよう」

ジェレミーはカップボードからマグカップを二つ出し、そこにネスカフェの粉末を振り入れた。紅茶はティーバッグで入れるが、コーヒーは有無を言わさずインスタントで作り、そこにミルクを入れる。イギリスのミルクはホモゲナイズされていないので、しばらく置いておくと上にクリームの層ができる。そんな濃い牛乳をたっぷり入れると、インスタントコーヒーでも、とても美味《おい》しいカフェオレになるのだ。

カフェオレが出来上がる頃、洗い物も終わった。僕らはリビングのソファーに並んで腰かけ、テレビで「名探偵ポアロ」の再放送を見ながら、熱いカフェオレを飲んだ。

いつものように、ジェレミーの腕が僕の肩に回される。指先に僕の髪を絡めたり軽く引っ張ったりするのも、お決まりの仕草だ。

ドラマを見ながら、ジェレミーは何度も欠伸《あくび》をした。僕は、テレビを見るふりをして、ジェレミーの様子を窺《うかが》った。ソファーに深くもたれた彼の顔はいつもと同じように穏やかだったが、隠せない疲労の影が目の下に見てとれる。

「眠いなら、もう寝たら？」

遠慮がちに声をかけてみると、ジェレミーは半眼になった眠そうな顔を、僕のほうに巡らせた。

「ん？　あんたは？」

「僕は、宿題やろうかどうしようか、迷ってたとこ。明後日《あさって》までの課題だから、今日やる気になれないんだよね」

「そりゃそうだ。明日できることは今日するなってのは、世界共通のことわざだよな」

そう言ってクスリと笑ったジェレミーは、僕の頭に頬をすり寄せた。小さな溜《た》め息が一つ。髪に温かい吐息がかかる。

「ここんとこすごく忙しくて、バタバタしてたからさ。……忙しいのは暇よりずっといいんだが、変にテンション上がっちまって、疲れて眠いのに、寝る気にならないんだ。うなじのあたりがチリチリする感じがする」

「……大丈夫？」

僕は心配になって、ジェレミーの顔を仰ぎ見ようとする。ジェレミーは、そんな僕の額に、薄い唇を押し当てた。

「心配ないさ。あんたとこうしてると、キリキリ巻き上げられた神経が、ゆっくりほぐれてくのがわかるんだ。……ホッとするよ」

「じゃあ、僕は少しはジェレミーの役に立ってるんだね。よかった」

「少しどころか。……家に帰ってきて、あんたが笑って出迎えてくれるたびに、あんたが言う『家族』って言葉を、心の中で噛みしめてる。そうかこれが家族か、悪くないなって」

「ジェレミー……」

イギリス人は、あまり物事を正面切って絶賛しない。だから、この国の人間が「悪くない」と言えば、それはまさしく「すごくいい！」ということなのだ。僕がここにいることをジェレミーがとても喜んでくれているのだと再確認して、僕は嬉しくなった。

「……ああ、そうだ」

しばらく黙り込んだジェレミーは、不意に言葉の調子を変えて口を開いた。

「何？」

「コヨは、明日何か予定あんのか？」

「ないよ。学校の課外授業はブライトン観光ツアーだから、今回はパスしたし。……どうして？」

「俺もさ、明日は久々に一日空いてるんだ。さすがにへたばったから、大学もアズダも休むことにした。だから……」

至近距離で僕の顔を見遣り、ジェレミーはちょっと悪戯《いたずら》っぽく笑った。目元に、優しい笑いじわができる。

「明日、天気がよかったら、いっちょ泳ぎにいってみるか。どうだ、コヨ」

「泳ぎに？　すぐそこのビーチへ？」

声が勝手に大きくなってしまう。実は、直射日光と暑さに辟易《へきえき》しながら学校とフラットを行き来するたび、自分もあそこで泳ぎたいとずっと思っていたのだ。僕が乗り気なのを知って、ジェレミーも楽しげに頷いた。

「コーラルブルーの海ってわけにはいかないが、一時ほど水も汚れてないようだしな。せっかくイングランドでいちばん古い海水浴場が近所にあるんだ。泳がない手はないぜ」

「行く！　……あ、でも僕、水着なんて持ってないや」

「俺のを貸してやるさ。ああでも、もしコヨがゲイ専用ヌーディストビーチに是非行ってみたいってんなら、水着は必要ないけどな」

「馬鹿っ！　行きたくないよ、そんなとこ。普通のビーチでいいっ」

軽く叩いてやろうと振り上げた僕の手首を易々と摑んで、ジェレミーは感心するほど素早く、僕にキスした。それだけでウッと黙ってしまう自分が悔しいが、近くで見るとやっぱりジェレミーはかっこよく見えてドキドキするのだ。……惚《ほ》れた弱みというのはこういう状態を言うのかと、我ながら情けなく思うほどに。

「怒るなよ。コヨは意外に短気だよな」

耳元をくすぐるような囁きとともに、ぎゅっと抱き込まれる。こんなふうに懐柔するのはずるいと思いつつも、温かな腕を振り払えない僕がいる。

「……どうせ」

拗《す》ねてみせると、ジェレミーは僕の髪を指で梳《す》きながら言った。

「ココが行きたいと言ったとしても、俺が行かせないさ。俺は、恋人の裸を見せびらかしたいタイプの男じゃない。自慢じゃないが、心は狭いほうなんだ」

意外な言葉に少し驚いて顔を上げると、ジェレミーは照れくさそうに笑ってウインクした。

「まあ、俺以外の男と口をきくなとか、そこまでの狭さじゃないから心配するな。……でも、間違っても暑いからって、上半身裸で外を歩いたりしてくれるなよ」

「しないよ、そんなこと」

いかにもジェレミーらしい冗談に、僕も笑って答えた。促されるままに、さっきよりもう少しだけ長いキスに応《こた》える。唇を離して、僕はジェレミーを見た。さっきより、さらに眠そうに見えるその灰青色の瞳を覗き込む。

「明日、晴れるといいね」

「そうだな。……うんと晴れて、暑い日だといい」

「もう寝られそう？　早く寝て、早く起きて、明日は海でうんと長い時間過ごそうよ」

「そうだな。そろそろ、寝る前のチョコレートが食いたい気分になってきた」

そう言って、ジェレミーは大きな大きな伸びをした……。

＊　＊

翌朝は、僕らの祈りが通じたのか、驚くほどの快晴だった。この国では珍しい、雲一つない青空だ。テレビのお天気お姉さんのウルリケも、「今日は一日じゅうとってもいいお天気！」と晴れやかな笑顔で言っていた。

僕らは、慌ただしく朝食を済ませ、ビーチに繰り出した。やはり眺めがいいほうがいいだろうということで、マリン・パレードを延々と歩き、パレス・ピアのすぐ近くまで来た。パレス・ピアは、海の上に長く突き出した白い桟橋だ。その上に建てられた大きな建物はカラオケボックスとゲームセンターだったりして、実はあまり風情のない施設なのだが、見る分には綺麗《きれい》で、僕は好きだ。

ビーチにはもうたくさんの人が来ていて、それぞれの場所で思い思いに楽しんでいる様子だった。ジェレミーは水際近くに適当な場所を見つけると、近くの売店でデッキチェアを一つ借りてきた。木製の枠に、白青ストライプのキャンバス地が張られた、ごく簡素なものだ。本当は二つ借りたかったのだが、もうそれしか残っていなかったのだという。なるほど、周囲を見回すと、そこいらじゅうに同じ椅子《いす》があった。

デッキチェアの脇《わき》にレジャーマットと大きなバスタオルを敷き、僕らは交代でチェアを使うことにした。

最初に日向《ひなた》ぼっこで身体を温めてから、僕らは連れ立って海に向かった。

いつもはどんより黒っぽく見えるブライトンの海だが、晴れた日はさすがに青く見える。それでも水は、ちょっと入るのに勇気がいるくらい冷たかった。

ジェレミーは果敢に海に飛び込み、ザブサブと両腕で波を掻いて沖のほうへ進んだ。腰まで水につかったところで振り返り、開けっぴろげな笑顔で僕に手を振る。

「来いよ、ヨヨ。泳げないわけじゃないだろう？」

「泳げるよ。それに、こんな浅いところで、どうやって溺《おぼ》れるのさ」

僕も笑いながら、思いきって波打ち際から海へと一歩踏み込んだ。水はやはり鳥肌が立つほど冷たいが、日光で十分に熱を蓄えた身体にはちょうどいい。

海水浴なんて子供の頃以来だったので、海に入ったはいいが、今ひとつ何をしていいかわからない。ジェレミーのそばまで行って、さてどうしようかと思っていると、彼にいきなり足を払われた。すっかり油断していた僕は、思いきりひっくり返ってしまう。

「がぼッ……ひ、ひどいじゃないか」

まったくの不意打ちだったので、鼻からも口からも大量に海水を飲んでしまい、僕はみっともないくらい咳《せ》き込みながら立ち上がった。ブルブルと犬みたいに頭を振りながら僕が怒ると、ジェレミーは僕を指さして大笑いした。

「予告してこんなことしたって意味ないだろ。ぼーっとしてるからだ。遊び方を知らないみたいだったから、教えてやろうと思ってな」

「ジェレミー！」

僕は周囲のことなどすっかり忘れて、長身のジェレミーに飛びかかり、自分ごと彼を海に沈めてやった。身体の下でジェレミーをしばらく慌てさせてから、ゆっくり解放してやろ……うとしたら、水の中で、彼にしっかり抱きしめられてしまった。

「!?」

海底に尻餅《しりもち》をつく格好で座り込んだジェレミーは、膝《ひざ》の上に僕を乗せ、海の中で器用に笑った。ゆらゆらする彼の面長の顔を見て、僕は息苦しさも忘れてぽかんとしてしまう。

何か言ったのだろうか。開いた唇から小さな泡を吹き上げたと思ったら、ジェレミーの顔が近づいてきて、唇が重なった。

せっかく閉じていた唇を悪戯な舌にこじ開けられて、海水がまた口の中に入ってきた。日本だろうがイギリスだろうが、海水の塩辛さに変わりはないようだ。

……なんてことを考えている余裕もないくらい息苦しくなってきて、僕は両手両足をジタバタさせて許しを乞《こ》う。ようやく腕を緩めてもらって、僕は水面に顔を出すなり鯨並みの猛烈な勢いで水を吹き上げ、息を吸い込んだ。

「ぷはあッ……はー、はー……」

ようやく人心地ついて傍らを見れば、立ち上がったジェレミーは、ニヤニヤと余裕の表情で、まだ言葉も出ない僕を見下ろしている。憎たらしい奴だ。

何か文句を言ってやろうと必死で呼吸を整えていると、ジェレミーは両手で僕のぐしゃぐ

しゃの前髪を掻き上げ、塩水のせいで赤くなった目を細めた。

「なんだよ？　言いたいことがありそうだな、コヨ」

「ある。こういうときに使う言葉だったんだね、"You bustard!"ってさ」

やっとのことで、この間パブでバーマンのスティーヴから教わった罵倒《ばとう》の文句を口にすると、ジェレミーは数秒間ポカンとしていたが、やがていかにも可笑《おか》しそうに笑い、僕の頭を乱暴に撫でた。

「お、すごいぞ、コヨ。どこでそんな悪い言葉を教わってきた？　もう、ひとりで町のどこへ出かけても、立派に喧嘩《けんか》できるな」

「しないよ、喧嘩なんかさ」

子供扱いされた僕は、ムッとして両手で顔をゴシゴシ拭《ふ》いた。本当ならしばらく拗ねて黙り込みたいところだが、いかんせんこの上天気と華やいだビーチの雰囲気が、それを許さない。人懐っこい笑顔で鼻をきゅっと摘まれると、つい苦笑いで許してしまう。

「もう少し沖まで泳いでみよう。それからビーチに上がって、何か飲むか」

そう言うが早いか盛大に水飛沫《しぶき》を上げて泳ぎ出したジェレミーの頭頂部で、濡れても跳ねる一房の金髪が、水面から飛び出して揺れている。まるで僕を誘導するアンテナのようだ。

「……まったくマイペースなんだから」

そのあとを追って、僕も高校卒業以来の不格好なクロールで泳ぎ出した……。

泳いで身体が冷えたら、ビーチに戻って甲羅干しをする。ジェレミーはビールを、僕はダイエットコークを飲みながら喋ったり、昼寝をしたり、ランチに揚げたてのフィッシュ&チップスを買ってきて食べたりして、僕らは思いきり海水浴を満喫した。

思えば、二人で昼間にくつろげるのは、久しぶりのことだった。本当は、一日一緒にいられるこんな日にこそ、僕らの最大にしてもっとも身近な問題について話し合うべきなのかもしれない。そんな思いが、ふと胸によぎる。

そう、それはウェルズからの帰り道、ジェレミーが口にした「二人が一緒にいる方法」についてだ。あれ以来、僕はずっとそのことについて考え続けてきた。

この国では思ったほど生活費がかからないので、貯金を少しずつ切り崩し、切りつめれば二年くらいはこのまま暮らせるだろう。だが、問題はそんな目先のことではなくて。

留学、あるいは就職……合法的にこの国に留《とど》まる方法は、いくつかある。けれど、ただ留まってジェレミーのそばにいるだけでは、駄目なのだ。それでは、僕は僕の人生をちゃんと生きていることにならない。

僕の夢は、いったいなんなんだろう。

自分の夢に向かって真っすぐ進んでいくジェレミーと、今の夢さえハッキリ口にできない僕が一緒にいられる方法なんて、本当にあるんだろうか。

考えるたびに不安になって、しかもその思いを上手く言葉にすることもできずに、落ち込んでしまう。ずっとその繰り返しだった。

今もそのことを少し考えただけで、僕は急にブルーになってしまう。

「……ねえ、ジェレミー」

デッキチェアにうつ伏せに寝そべり、燦々《さんさん》と降り注ぐ日を浴びているという状況にそぐわないほど、呼びかける声が心細そうになってしまった。

「ん……どうした？」

傍らのレジャーマットの上で、同じようにうつ伏せになり、ほとんど眠りかけていたジェレミーは、僕の声に怪訝そうな表情で顔を上げた。両手を、まるで「伏せ」をしている犬のように、身体の前に揃《そろ》える。

僕は、斜め下にあるジェレミーの顔を、じっと見た。生乾きの金髪はいつもより色が濃く見えて、太陽の光をキラキラ反射している。この国の空のようなくすんだ灰青色の瞳も、今は明るく表情豊かに光っていた。

「そんな顔して、何が言いたい？　腹が減ったのか？　それとも喉《のど》が渇いた？　もう退屈したのか？」

「違うよ」

「じゃあ、なんだよ。日焼けが痛いとか、頭が痛いとか、もしかしてそういうのか？　だったら正直に言えよ」

まるで小さな子供に対するような、それでいて本気で僕を気遣ってくれるジェレミーの言葉に、僕は逆立ちかけていた神経が、次第に宥められていくのを感じた。

だから僕は、笑ってかぶりを振った。ジェレミーは、それでもまだ気がかりな様子で、僕の顔をまじまじと覗き込む。

「本当か？　ならなんなんだ」

「……ジェレミーの顔を見て、声が聞きたかっただけ」

僕は心からそう言った。

そうだ。今は、あれこれ思い悩むときではない。今は、楽しむときだ。忙しく動き回ってくたびれた心と身体のネジをゆっくり巻きながら、お互いと共有する時間の気持ちよさを、ただ全身で味わうべきときなのだ。

少なくとも、僕の中からどうしようもない不安がひとまず去ったことを見てとったのだろう、ジェレミーは不思議そうながらも安心したように笑って、小さく肩を竦《すく》めた。

「あんたが甘えてくれるのは嬉しいけど、俺、眠いんだ」

「わかってる。……ごめんね、邪魔して。僕も昼寝する」

「そうしろ。……寝るなら、頭に何かかけとけよ。黒い髪は、熱を吸い込みすぎるから」

「わかった。そうする」

ジェレミーは、デッキチェアから乗り出した僕の頬に素早くキスすると、ゴロリと寝返りを打ち、今度は仰向けになった。傍らに転がしていた麦わら帽子を、顔の上にひょいと載せる。どうやら、本格的な昼寝に突入するつもりらしい。

僕も、忠告どおりバスタオルを頭から被り、目を閉じた。さんざん泳いで冷えた身体が、じわじわと温められていくのがわかる。

しかし、ようやく心地よい眠りに意識を手放そうとする寸前、突然胸にヒヤリと冷たいものが落ちてきた。僕は驚いて反射的に身を起こす。

「あ、ごめんなさい」

可愛い声が、頭の上から聞こえた。眠い目を擦《こす》って視線を上げると、そこにはサクランボ模様のビキニを着た女の子が立っていた。まだ、十四、五歳くらいの、白人の女の子だ。金髪をチアガール風のポニーテールにまとめ、両手にソフトクリームを持っている。

自分の胸元に目をやると、白いクリームがぺたりとついていた。どうやら、彼女の手から溶けて崩れたソフトクリームの先端が、僕の胸に落ちたらしい。

僕が状況を認識したのを悟り、彼女はもう一度僕に謝った。

「ごめんなさい。なんだか、最初から溶けてるのよ、これ」

ここに来て数ヶ月経って、同じ"I'm sorry."という言葉でも、イントネーションによって、謝罪の気持ちにレベルがあることを知った。その知識からいくと、彼女は本気で悪いと思っている様子だ。

"That's all right."……気にしないで、と言ってやると、彼女はホッとしたように白い歯を見せて笑い、そしてすぐ近くのレジャーマットに腰を下ろした。ボーイフレンドとおぼしき少年に、ソフトクリームを差し出す。

二人はつきあい始めて日が浅い様子で、楽しそうにソフトクリームを食べ、盛んに喋っては楽しそうに笑っている。

なんとなく羨《うらや》ましいような気がして、僕は昼寝のことなどすっかり忘れ、二人の様子をぼんやりと見ていた。

恥ずかしながら、男子校に通っていた高校時代、僕には彼女ができなかった。内気だった僕は、登下校の道ですれ違う他校の女の子に声をかける勇気がなかったのだ。逆に女の子から声をかけられたことは何度かあったが、そんなときもオドオドするばかりで、呆《あき》れられて終わるのがオチだった。

（大学に入ったときは、女の子にどう接したらいいのか、わかんなかったもんなあ）

懐かしさとともに、後悔に似た思いがこみ上げて、僕は溜め息をついた。

（あの頃に、もっと社交的になる訓練をしておけばよかったのかな……）

なんだか、目の前の二人がやけに眩《まぶ》しく見えて、僕は急に自分が年老いたような気分になってしまった。

ソフトクリームを食べ終わった二人は、立ち上がり、腕を組んで海のほうへと歩いていく。その微笑《ほほえ》ましい後ろ姿をなおも目で追っていると、傍らから低い声が聞こえた。

「おい。あんまりジロジロ他人を見るんじゃない」

気づけば、いつの間にか起き上がったジェレミーが、ニヤニヤ笑いながら僕の膝を小突いていた。

「まあ、どうやらあいつらはお互いしか見えてないみたいだから、気づいて絡まれることはないだろうがな。それにしたって、普通のお子様カップルじゃないか。何がそんなに珍しかったんだ?」

僕は顔が熱くなるのを感じつつ、慌ててくだんのカップルから目を逸らした。ジェレミーは、僕のデッキチェアに寄りかかり、僕の顔を覗き込んだ。

「珍しかったわけじゃないよ。ただ……」

「ただ?」

「仲良しだなあ、って思って見てただけ」

追及するジェレミーの視線に負けて正直に答えると、彼は灰青色の目を見張った。

「なんだそりゃ」

「なんでもないんだってば。ぼうっとして見てただけなんだからさ。ごめん、何か話しかけてた?」

「いいや。目が覚めて、なんとなくあんたの顔を見てただけだ。綺麗だと思ってな」

「……馬鹿っ」

僕が頭を叩く真似《まね》をすると、ジェレミーは笑いながら片手を上げてそれに対抗しつつ、カップルのほうを再び見て言った。

「しかし、確かに可愛《かわい》い二人だな。初デートって感じか」

「だよね」

僕がクスリと笑うと、ジェレミーも笑顔で頷き……しかし急に真顔になって僕を見た。目尻の笑いじわが消えると突然端正に見えるジェレミーの顔に、胸がドキリと跳ねる。

「な……何……？」

真っすぐ見上げられて、僕はドギマギしてしまう。二人きりなら、ジェレミーがこういう顔をするときはいつだって僕にキスする前だからだ。でも……。

（さっきみたいに水の中ならともかく、こんな人でいっぱいのビーチで、そんなこと、しないよね）

いや、でもジェレミーならするかも……。そんな思いが交錯して、僕はさぞ妙な表情をしていたに違いない。

だがジェレミーは何も言わず、おそらくはたっぷり数十秒、僕の顔を見つめ続け……。

「……用事を思い出した」

急にそう言って、彼は立ち上がった。僕は驚いて、そんな彼を見上げる。

「ジェレミー？　どうしたんだよいったい。用事？」

ジェレミーは、身体についた砂粒を払いながら、日焼けして赤みの差した顔で、ちょっと困ったように笑った。

「悪い。急用をすっかり忘れてたんだ。一足先に帰って、出かける。片づけ、任せていいよな？」

「それはいいけど……。急用ってな……」

大学も仕事も休みなのに、もう三時になろうというこんな時刻からどんな用事があるというのか、僕は訊《たず》ねようとした。だがジェレミーは、皆まで言わせなかった。

「じゃ、頼んだぜ。悪いけど。……あ、そうだ。あんた、今晩暇か？」

「う……うん。そりゃ、特に予定はないよ」

だって一日じゅう君と一緒にいるつもりだったんだから……と続ける前に、ジェレミーは畳みかけるように言った。

「そりゃよかった。だったら、六時に『オデオン』で待ち合わせようや」

「オデオン？」

「ああ。場所はわかるな？　中で待ってる。じゃ、あとで」

言いたいことを言ってしまうと、彼はバスタオルを肩から引っかけて、早足にマリーナのほうへ歩いていく。どうやら、相当急いでいるらしい。

「なんなんだよ、いったい……」

僕は呆気にとられたまま、ジェレミーの金色の跳ね髪が揺れながら遠ざかるのを見送った。それから、脱力してデッキチェアの上に胡座《あぐら》をかく。

ジェレミーがいなくなるなり、僕は急に居心地の悪さを感じた。周囲は皆グループやカップルばかりで、ひとりぼっちは僕だけなのだ。

（そりゃそうだよなあ……。ひとりでビーチに遊びにくる男なんて、まるでナンパに来てるみたいじゃないか）

まったくもって自意識過剰なのだが、周囲の人間が皆、僕のことをそんなふうに思っているような気がしてきて、無意識に身体が縮こまる。

「うう、ひどいやジェレミーってば」

いくら急用だからって、せめて片づけくらいしていってくれればいいのに……と思いつつ、僕はデッキチェアから降りた。これ以上ひとりでここにいても面白くないし、日光浴はもう十分すぎるほどしたし、泳ぐ気にもなれないし、こうなったらもう、フラットに帰ってシャワーでも浴びようと思ったのだ。

デッキチェアを畳んで返却し、タオルやレジャーマットを丸めて抱え、ジーパン……は湿った海水パンツの上から穿《は》くのは気持ちが悪いのでTシャツだけ羽織り、僕はそそくさとビーチをあとにした。

海水につかり、日光をたっぷり浴びた肌は、Tシャツに触れると軽くひりついた。その微妙な不快感と暑さが、道を歩くうちに、僕を少しずつ不機嫌にした。

マリーナへの長く真っすぐな道を歩くと、たくさんの人たちとすれ違う。その誰もが楽しそうに話しながら歩いているのを見て、余計に自分がひとりぼっちでとぼとぼ歩いていることが理不尽に思えてきた。

そんなわけで、フラットに帰り着いた頃には、僕はすっかり腹を立ててしまっていた。室内に、ジェレミーの姿はなかった。バスルームに入ると、ムッとした蒸気が身体を包む。どうやら、慌ただしくシャワーを浴びて、外出したらしい。

バスルームのボイラーは、夜間電力で湯を沸かし、タンクに貯めておく仕組みだ。しかしタンクが小さいので、熱いお湯が使えるのは、最初のひとりだけ。だから普段は、僕が夜に、ジェレミーが朝に入浴して、熱湯がタンクに溜まるだけの時間を空けることにしている。

予想どおり、蛇口を捻っても、シャワーから出てきたのはごく温《ぬる》い湯だった。けれどそれが、日焼けした肌にはちょうどいい。僕は、海水を念入りに洗い流してから、トランクス一枚だけの姿でバスルームを出た。

普段なら絶対にしないことだが、シャワーを浴びても身体が火照《ほて》っていて、すぐに服を着る気にはなれなかったのだ。ふと見ると、キッチンのテーブルの上に、ボディ・ショップのボトルが置いてあった。蓋《ふた》を開けて鼻を近づけると、まさしくキュウリそのものの青くさい匂いがする。スキンローションと書いてあったので、中の液体を少し手のひらに取って、二の腕につけてみた。

「あ……冷や冷やして気持ちいいや」

どうやら、カーマインローションのようなものらしい。ジェレミーのものなので少し躊躇《ためら》ったが、何かつけないと、服が着られそうにない。

「僕をビーチに置き去りにしたんだもんな、これくらい使わせてもらったって、バチは当たらないさ」

そんな言い訳を口にして、僕はローションをたっぷり手足や胸につけた。全身からキュウリの匂いが立ち上るのには閉口したが、おかげで、肌の火照りやヒリヒリ感が少しおさまったようだ。僕は寝室へ行き、Tシャツとイージーパンツを着た。そのまま、どすんとベッドに大の字になる。

　サイドテーブルの時計を見れば、まだ四時過ぎだった。約束の六時までには、中途半端に時間がある。

「ちぇっ。今日はせっかく、一日二人でゆっくりできると思ってたのに」

　白い天井を見上げながら、思わずそんな愚痴が出てしまった。ジェレミーが忙しい人間だということは十分理解しているつもりでも、こんなに無造作に放り出されては、やっぱり寂しいと思うし、腹も立つ。

「……だって……なんだか僕のことなんて、どうでもいいみたいじゃないか」

　声に出してみると、よけいに悲しくなってきた。僕はばたんとヤケクソ気味の寝返りを打って、うつ伏せになった。ジェレミーの枕をぎゅっと抱きかかえてみると、彼がいつも吸う煙草《たばこ》の……シルクカットの匂いがした。

　それは、毎晩ジェレミーに抱きしめられて眠るときに嗅《か》ぐ匂いで……まるでジェレミーが傍《そば》にいるような気がして、きゅうっと胸が痛くなった。

　なんだかたまらなく悲しい気持ちになって、僕は枕に思いきり顔を押しつけ、ちょっとの間、目をつぶった……つもりだった。

　だが、次に顔を上げたとき、僕はあまりのことにベッドの上に跳ね起きた。時計の針は、力いっぱい五時半を指している。

「嘘だろ……？」

僕は時計を鷲《わし》摑みにして、文字盤に鼻先がくっつくくらい近くで見直した。見間違いではない。どうやら、瞬《まばた》きの延長くらいのつもりが、しっかり眠り込んでしまったようだ。久しぶりに泳いで、身体が疲れていたのかもしれない。

「うわあ……どうしよう、遅刻だよ」

僕は時計を放り出し、ベッドから飛び降りた。そのまま、クローゼットの扉を勢いよく開ける。

いつもならジーンズで出かけるのだが、スリムジーンズに日焼けした足を突っ込むのはどうにも気が進まなくて、ちょっとガボッとしたダークグリーンのチェックパンツを穿いた。上には、ざっくりした織りの白いサマーセーターを合わせる。申し訳程度に髪を撫でつけ、僕はフラットを飛び出した。

待ち合わせ場所に指定された「オデオン」は、海沿いの道を延々と歩いていったところにある大きな映画館だ。パレス・ピアよりまだ向こうにあるので、三十分以上は確実にかかってしまう。

マリン・パレードに出て、僕はタクシーを捜した。だが、こんなときに限って一台も通りかからない。

仕方なく僕は、できるだけ大股《おおまた》に歩き出した。サマータイムを導入しているせいもあり、夏のイギリスはとにかく日が長い。夜の八時を過ぎる頃まで外は十分に明るいし、春先と違って、通りにもたくさん人が歩いている。だから、ひとりで外を歩いていても、いつかのようなトラブルに遭う心配はなさそうだ。

日が傾いてからの潮風は涼しくて気持ちがいいのだが、今日はそれを楽しむ余裕などどこにもなかった。僕は走ったり歩いたりを繰り返し、ただひたすら目的地を目指した。

結局、オデオンに到着したのは、約束の六時を十五分ほども過ぎた頃だった。まだ空は明るいが、建物の入り口上には、上映中の映画のタイトルを記したボードや派手な電飾が輝いている。

(どうしよう……。待っててくれてるかな)

これまで何度も待ち合わせはしているが、遅れたのは初めてだった。ジェレミーは意外に時間には几帳面で、いつも早めに来る。今日もそうだったら、下手をすると三十分以上待たせてしまったことになる。

僕はおどおどしながら、建物の中に入った。ロビーは広くて、バーカウンターとちょっとしたゲームコーナーがある。ここも人でごった返していて、僕はジェレミーの姿を求め、あちこちに首を巡らした。

「……あ。いた!」

ジェレミーは、ゲームコーナーの外れにポツンと置かれた、ピンボールマシンに向かっていた。いかにも古そうな、スター・トレックのマシンだ。正面のボードには、アメコミ風ミスター・スポックの顔がでかでかと描かれている。

ただ無心にボールを弾いているジェレミーの顔がやけに引き締まって見えて、僕は気後れしながら、ゆっくりと彼に近づいた。

「……よう」

あと三歩で触れられそうなところで、ジェレミーは気配を感じたのか、手を止めて顔を上げた。片手に持っていた煙草を、手近な灰皿に擦りつける。日焼けした顔が、いつもより精《せい》悍《かん》に見えて、ドキッとした。

「あ、あの……遅れてごめん。つい、うたた寝しちゃって」

僕は慌てて謝ったが、ジェレミーは壁の時計を見遣り、ふうん、と意外そうな顔をした。

「ゲームに夢中になってて気がつかなかった。気にすんな。泳いで疲れたんだろ。ここまで走ってきたのか？　髪の毛が鳥の巣みたいだぞ」

そう言って、両手で僕の髪を撫でつけてくれるジェレミーからは、枕と同じ煙草の匂いがした。走ったせいでただでさえ速い鼓動が、さらに加速する。

そのときになって初めて、僕はジェレミーの服装がいつもと微妙に違うことに気がついた。いつもはジーンズに洗い晒《ざら》しのTシャツでどこへでも行くジェレミーが、今日はジーンズこそそのままだが、パリッとしたネイビーのストライプシャツと、それより少しだけ濃いネイビーの、身体にピッタリしたハンティングジャケットを着込んでいるのだ。

全身をネイビーに統一しているせいで、肌の白さや髪の金色が映えている。ドレスアップというほどではないカジュアルな格好ではあるが、ほんの少しのお洒落《しゃれ》が、彼をいつもの何倍も格好よく見せていた。

「ジェレミー……どうしたのさ、その格好」

「ん？　似合わないか？」

ジェレミーは、にっと笑って両腕を広げてみせる。僕は正直に答えた。

「ううん、すごく似合う。お洒落だし、滅茶苦茶《めちゃくちゃ》かっこいい。だけど、今日の『用事』って、何かあらたまった用だったわけ？　忘れて海なんか行ってて、大丈夫だった？」

「ああ……その『急用』は……半分本当で、半分嘘だ」

そう言って、ジェレミーは片手で鼻の下を擦った。そして、もう一方の手をジャケットのポケットに突っ込む。

「本当で、嘘？　わからないな。……僕を海に置き去りにしたのには、ちゃんと理由があるんだよね？」

「ある」

数時間前、ひとりぼっちにされた記憶が甦《よみがえ》って顰《しか》めっ面になった僕の鼻面をちょいとつつき、ジェレミーはなんだかやけに眩しそうに僕の顔を見た。

「けど、もとから用事があったわけじゃない。そういう意味では、『急用を思い出した』ってのは嘘だ。……まあ、こういうことで」

なんだかよくわからないことを言って、ジェレミーはジャケットのポケットから出した手を、僕の鼻先に突きつけた。その手に握られているのは……小さな花束だった。

茎を短く切った白と黄色と紫のフリージアを数本ずつ束ねただけの、とても簡素な、しかし驚くほど可愛らしいその花束を、ジェレミーはやけに照れた笑顔で、僕に握らせた。僕はただ目を丸くして、花とジェレミーの顔を見比べるばかりである。

「あんた、昼間ビーチでガキのカップル見てただろ？　なんだかやたらに羨ましそうな顔してさ」

「あ……えと……うん。ちょっと、羨ましかったかも」

僕が頷くと、ジェレミーは少し癖のある金髪をガシガシ掻きむしりながらこう続けた。

「考えてみりゃ、俺たち、あの夜ひょんなことでそういうことになってさ。……その、もちろん二人でどっか行くことはよくあるけど、あの二人みたく、恋人どうしのデートって感じで出かけたことはなかっただろ。特にあの旅行の後から、俺がやけに忙しくなって、あんまり時間取れなかったし」

「……ジェレミー……」

だんだん、彼が考えていることがわかってきた。驚きを隠せない僕に、彼は「だから」と僕を見て言った。

「今日を逃せば、夏が終わるまでもうチャンスがないかもしれない。そう思ったから、一度……なんていうか、ちゃんとデートしてみようと思ったんだ。その、日本人もそうだといいんだが、初めてのデートってのは、特別なもんだろ。……違うか？」

「違わないよ」

僕は、答えながら、もう一度ジェレミーの姿を見直した。おそらく、あれから大慌てで着替えて家を飛び出し、デートの算段を考えていたのだろう。この見慣れない服も、僕のためのものなのだ。そう思うと、ビーチからの帰り道に、少しでも彼に腹を立てたことを思いきり後悔せずにはいられない。

「だから、花をくれたんだね。……女の子みたいだけど」

「……俺もちょっとそう思ったさ。けど、綺麗だと思うものを好きな相手にやるときに、女も男もないかなって考え直して、買ってきた。……嫌か？」

ちょっと心配そうに、ジェレミーは僕の顔色を窺う。なんだか、いつもは余裕たっぷりなジェレミーが、いやにオタオタしていて、本当にティーンエイジャーの初デートのようだ。

僕はこみ上げる笑いを隠すために、花束に顔を近づけた。ここで吹き出したら、ジェレミーに悪いと思ったのだ。フリージアからは、仄《ほの》かに甘い匂いがした。

なんとか笑いを引っ込めた僕は、花束に鼻を突っ込んだまま視線だけを上げた。

「嫌じゃないよ。花なんてもらったの初めてだから、なんかどうしていいかわかんないけど。……でも、嬉しいから。ありがとう」

「そっか。……ならよかった」

ジェレミーは照れくさそうに笑って、チケット売り場のほうを見た。

「で、あれから劇場とかクラブとか、あれこれイベントを調べてみたんだけどな。今夜はあまりたいしたものがないんだ。だから、お約束だけど、このまま中で映画を見ないか？　リバイバルで、いい映画をやってる。俺の大好きなやつなんだ」

僕が頷くと、ジェレミーはさりげなく花束ごと僕の手を取った。混み合ったロビーで、僕らが手を繋いでいることに注意を払う者など誰もいない。それでもそれはちょっと秘め事めいていて、僕の胸を弾ませた。僕らは人混みに紛れ、寄り添ってホールに入った。

映画は少し前のロビン・ウイリアムズ主演のもので、僕の好きなアマンダ・プラマーという痩《や》せぎすの女優が出ていた。アメリカ映画なのにジェレミーが気に入っているのは、監督が元モンティ・パイソンのイギリス人だからだろう。

まだ台詞《せりふ》のすべてが聞きとれるわけではなく、皆が笑うギャグのツボもうひとつ摑めない。それでも大筋は理解できたし、結末はとてもハッピーなラブストーリーで、僕もその映画がとても気に入った。

僕らは暗い映画館の中でずっと手を握り合っていた。難解な台詞があると、ジェレミーはその意味をそっと耳元で囁き、そのついでに僕らは音を立てずに軽いキスを交わした。

本当に十代の子供たちの最初のデートのように、僕らはそんな子供っぽいスリルを楽しみ……そしてそれは、不思議なくらいワクワクするひとときだった。

映画が終わって外に出ると、さすがに空は暗くなっていた。それでもまだ、街は人でいっぱいだった。この季節は、皆遅い時刻に夕食を摂る。だから、街はまだまだ「宵の口」なのだ。

「食ってから映画にすりゃよかったな。途中で腹が鳴って、ギョッとしたぜ」

そんなことを言って笑ったジェレミーは、僕を英語学校に近いイタリアン・レストランに連れていってくれた。細い裏通りに面した、テーブルが五つだけの小さな店だ。

他のテーブルは皆埋まっていたが、ジェレミーが予約を入れていたらしい、ウエイトレスは、ジェレミーの顔を見るなり、窓際の席に僕らを案内してくれた。

「安くて旨くていい店なんだ。あんたを連れてくるのは初めてだよな？　常連になればなるほど、あのオヤジの作るピザが大きくなる」

ジェレミーは大きなメニューを広げながらそう言って、ちらと奥の調理場のほうを見た。頑固そうな老人が仁王立ちになっている。おそらく店主兼料理人なのだろう。彼は僕らにひとつ頷いてみせると、そのままクルリと背中を向けて、料理に取りかかった。

オーダーは、店主の娘らしきウエイトレスのお薦めに従うことにして、ジェレミーはワインだけを選んだ。あまり酒が飲めない僕のために、彼はごく若くて軽い白ワインを注文してくれた。

料理はどれも素晴らしかった。前菜には、ホワイトベイトという小魚の唐揚げと、野菜のマリネ。それから巨大なピッツァ・マルゲリータ。ジェレミーはまさしくこの店の常連らしく、ピザは皿からはみ出して、縁がほとんどテーブルにつきそうだった。メインの白身魚をシンプルにグリルしたのを平らげると、僕はもうゾッとするくらい満腹になった。

それでも、「やっぱデートっていうからには、デザートは欠かせないだろ」というジェレミーのよくわからない主張に従い、僕は根性でティラミスとカプチーノまで制覇した。女の子がよく「甘いものは別腹」と言うけれど、どうやら本当らしい。もう入らないと思っていたのに、チーズの味が濃厚なティラミスはとても美味しかった。

店を出たときには、午後十時近くなっていた。

「お腹いっぱいになりすぎて、立ってるだけで苦しいや」

僕がそう言って両手で腹を押さえると、ジェレミーも同意して「少し散歩して、腹ごなししてから帰るか」と言った。そこで僕らは、マリン・パレードを横切ってビーチに降りた。

暗い海の上に、パレス・ピアの電飾がキラキラと美しく反射している。昼間はあれほど賑わっていたビーチも、ピアから少し遠ざかれば、驚くほど静かだった。

僕らは、小石を踏んで、マリーナに向かってゆっくりと歩いた。ワインで火照った頬に、潮風が心地よい。

ただ、着ているのが風通しのいいサマーセーターだったので、しばらく歩くと、少し肌寒くなった。それを見透かしたように、ジェレミーはジャケットを脱ぎ、僕の肩にフワリとかけてくれた。ついでのように、肩を抱き寄せられる。

「ありがとう。……だけど、ジェレミーは?」

「俺は寒くない。あんたがあんまり飲まないから、ほとんどボトル一本ひとりで飲んじまったからな」

「そっか。じゃあ、借りるね。……あのさ、ジェレミー」

「ああ?」

僕は小さく息を吸い込んで、言った。

「今日は……ありがとう。すごく楽しかった。花もらったり、こんなふうに上着貸してもらったり、なんだかかなり女の子みたいだけど、でも……なんていうか、君が僕のことをそんなふうに大事に思ってくれてるってことが、すごく嬉しい」

ジェレミーは足を止めると、僕から手を離し、シャツの胸ポケットを探った。煙草を一本くわえて、少し猫背気味にマッチを擦って火をつける。深く吸い込んだ煙をゆっくりゆっくり吐き出して、彼は優しい顔で僕を見た。

なんだか、見ているだけで胸がきゅうっと締めつけられるような、穏やかな灰青色の瞳。煙草をくわえたまま、ジェレミーは薄い唇に柔らかい笑みを浮かべた。

「さっそく、思ったことを言葉にする練習だな」

「そうだよ。……ちゃんと、伝わってる？　僕の嬉しい気持ち」

「ああ。バッチリ伝わってるさ。あんたの顔からも、言葉からも。俺も楽しかったし……嬉しいよ、あんたが喜んでくれて」

また、煙草を一服。ジェレミーが、何かを考えながら喋っている証拠だ。僕は、黙って続きを待った。

「あんたと出会うまで、俺はそういう気持ちをずっと忘れてたんだな。好きな人が喜んでるのを見ると、自分まで嬉しくなる……もっともっと喜ばせて、幸せにしてやりたいと思う、そんな気持ちをさ」

「……ジェレミー……」

「ここんとこ、あんまり一緒にいる時間がなかっただろ。あんたがちょっと寂しそうな顔してるのが、気になってたんだ。だから今、あんたが幸せそうに笑ってるの見て、俺も我ながらビックリするくらい嬉しいよ。嬉しすぎて、今すぐ抱きしめて、キスしたいくらいだ」

「してよ。……そうしたら、僕はもっと幸せになれるから」

いつもの僕なら、死んでも言えない台詞だったと思う。でもジェレミーの前にいるときの僕は、いつもよりうんと大胆で、素直な自分になれるのだ。

だから僕は、ジェレミーと向かい合って立ち、手を伸ばして、彼の口から煙草を抜き去った。そして、少し背伸びして、ただまじまじと僕を見ているジェレミーの唇に、そっとキスした。

下唇を軽く噛むようにして唇を離すと、片腕でグイとウエストを抱かれ、引き寄せられた。ジェレミーの冷たい左手が僕のうなじに触れたと思うと、今度は彼のほうから口づけてきた。僕の唇を舐《な》めて離れようとする彼の唇を、追いかけて捕まえる。

柔らかく抱き合い、まるで子猫がじゃれ合っているようなキスを、僕らは何度も重ねた。そして、最後に少しだけ長いキスをして、ようやく顔を離した。

二人とも息が乱れているのがやけに可笑しくて、僕は思わず吹き出した。ジェレミーも、笑いながら僕を強く抱きしめる。ジェレミーの温かな胸に頬を押しつけていると、彼の低い声が聞こえた。

「あんまり悩むなよ、ココ」

「……え？」

驚いて顔を上げようとしたが、ジェレミーの骨張った手は、僕の頭を優しく押さえてそれを制止した。

「わかってる。俺とのことを、あんたが一生懸命考えてくれてるってことはな。こればっかりは、あんたが言葉にしなくても、俺にだって痛いくらい伝わってる」

「ジェレミー……。だって僕は、君と一緒にいたいから。だから……」

「俺だってだ。だから、あのとき言ったろ。二人で考えようって。こう見えても、俺だってあれからずっと、いろいろ考えてる。……気持ちは、あんたと同じだ」

だけど、と言いながら、ジェレミーは僕の髪を優しく撫でた。僕は、ゆっくりと顔を上げ、ジェレミーの顔を見る。ジェレミーは真面目《まじめ》な、けれど微笑を湛《たた》えた眼差《まなざ》しで僕を見つめ、まるで自分に言い聞かせるような口調で言った。

「今たとえいい方法が見つからなかったとしても、この先、何が起こるかわからない。もちろん、いつだってアンテナを張り巡らせて、どんな小さなチャンスだって逃さないようにしなけりゃならないがな。わかってるんだぜ。俺たちが超えようとしてるのは、滅茶苦茶でっかい山だ。……そうだろ」

僕は彼から目を逸らさずに瞬きで頷く。ジェレミーの冷たい手が僕の頬を包み、少しかさついた親指の腹が、ざらりと肌を撫でた。

「でもな。考えることに必死になりすぎて、一日一日を積み重ねることを忘れちゃいけないと思うんだ。俺とあんたは今この瞬間、こうして抱き合って、同じ海を見てる。まずは今一緒にいられる幸せを、俺は味わっていたい。不安に押しつぶされて、楽しいとか嬉しいとか面白いとか、そういう……なんていうか、ポジティブな気持ちを忘れたら、俺たち駄目になる。……そう思わないか？」

「……そうだね。そうだよね」

僕は頬に添えられたジェレミーの手に、そっと自分の手を重ねた。互いの体温が伝わるように、互いの心も伝わってくる。そんな気がした。

「ありがとう。ジェレミー、疲れてるのに、僕のことちゃんと見てて……心配してくれたんだね。それがわかっただけで、僕は今すごく幸せだよ」

「そりゃ、俺は、いつだって俺の天使に笑っててほしいからな。天使は俺をハッピーにするのが仕事だろ。そのためには、天使が……あんたがハッピーでなきゃ」

「僕は……君をハッピーにできてる？」

ふと不安になって訊ねると、ジェレミーは眉尻を下げて、困ったような笑顔を見せた。

「何言ってんだ。俺を見ろよ。幸せじゃない奴は、こんな顔してないぜ。……ただし、あんたに関しては、もっと俺を幸せにできる呪文《じゅもん》を知ってるくせに、唱えてくれない意地悪な天使だがな」

「ええっ？　もっと……ジェレミーを幸せにできる呪文？　意地悪って、そんな……」

戸惑《とまど》って目を見張る僕の耳元に口を寄せ、ジェレミーは猫が喉を鳴らすような声で言葉を注ぎ込む。

「あの大聖堂で言ってくれた“I like you very much.”じゃ、まだまだ満足できないぜ、コヨ。……俺は欲張りなんだ」

「……あ……」

僕はハッとして目を見張った。

そうだ。あれから何度も言おうとしては、なぜか照れくさくて言えなかった言葉……。簡単な英語なのに、いや簡単で日本人の誰もが知っている英語だからこそ、よけいに気恥ずかしくて言えずにいたその一言を、ジェレミーはずっと待っていたのだ。

「ジェレミー、僕は……」

思わず言いかけた唇を、指先でそっと塞《ふさ》がれる。

「コヨ……呪文を唱えろ。そうして、俺を、最高に幸せな男にしてくれよ」

そんな囁きを残して、ジェレミーの顔が耳から離れていく。僕は思わずその首筋に両手をかけて引き留めた。

「あの……あの、ええと……」

心臓がバクバク音を立てている。どうにも恥ずかしくて、僕は何度も口ごもった。ジェレミーは、額をくっつけ合った体勢のまま、何も言わずじっと僕を見つめている。

僕は勇気を振り絞り、ごくんと生唾《なまつば》を飲み込んでから、ジェレミーの冬の海の色をした瞳を覗き込んで……そして小さな声で告げた。

“I love you.”

君を愛している……と。

次の瞬間、息が止まるほど強く抱きしめられる。溜め息のように囁かれた同じ言葉と、重ねられた温かい唇。

僕はそのとき初めて、「love」という言葉の本当の意味を知った……。

あとがき

皆様お元気でしょうか。槙野道流です。

ついに、イギリスを舞台にした小説を書くことができました！　ブライトンは、実際に私がイギリス滞在時に暮らした街で、それだけに思い入れもひとしおでした。原稿を書いているると、当時の街の風景や出会った人々のことを次々に思い出しました。カモメの鳴き声や、パブで日曜のご馳走のローストラムが焼ける匂いや、ティールームで供される紅茶の濃い飴色……そんなものまで一緒に甦ってきて、ずいぶんと切ない気持ちになったものです。

実はシャレード本誌に連載当時、「コヨのモデルは槙野さんですか？」という質問を数多く頂きました。……えー、あれはフィクションです。モデルはいません。ただし、フィクションには真実をちょっぴり混ぜるとリアリティが出る……ような気がするので、ほんの少しだけ、私の経験がダイレクトに書かれている箇所もあります。それはどこかって？　内緒です。ヒントを差し上げるなら、妙に美味しそうな場面かな。

あと、出てくる場所のほとんどは、実在するものです。アズダ・スーパーマーケットや、書き下ろしで二人が待ち合わせた映画館などですね。ブライトンは本当に愛すべき街なので、もしイギリスに行かれる際は、是非足を延ばしてみてください！

今回は、ずっとファンだった宮本イヌマルさんに、イラストをつけて頂くことができました。とっても勉強熱心な宮本さんは、「バスルームに絨毯が敷いてあるって本当？」なんてことまで調べてくださったそうです。ホントに、コヨは可愛いし、ジェレミーは素敵だし、とても幸せです。ありがとうございます。

担当のF山さんにも、たいへんお世話になりました。ありがとうございました！

そして、この本を手にとってくださった皆様にも、心からのお礼を。またどこかでお目にかかれますことを心から願っております。そして、皆様に、たくさんいいことがありますように。

槙野道流　九拝

◆初出一覧◆

ブライトン・ロック！（シャレード2002年１月号・３月号）
スイート・ドリームズ（書き下ろし）

CHARADE BUNKO

ブライトン・ロック!

[著　者]　椹野《ふしの》 道流《みちる》
[発行所]　株式会社 二見書房
東京都文京区音羽 1—21—11
電話　03(3942)2311[営業]
03(3942)2315[編集]
振替　00170—4—2639
[印　刷]　株式会社堀内印刷所
[製　本]　ナショナル製本

ISBN4—576—02078—1
http://www.futami.co.jp